L'HOMME DE LYON

DU MEME AUTEUR

L'ÉLÈVE TROUBLÉ, roman, Fayard, 1995.
L'ÉQUIPIER, roman, Fayard, 1997.
LES ENVELOPPES, roman, Stock, 1999.
PROLONGATIONS, essai, Castor Astral, 2002.

Traductions

PARTITION, de Rita Kuczynski, Actes Sud, 1996 (traduit de l'allemand).
J'AI CONNU KAFKA, collectif, Actes Sud, 1998 (traduit de l'allemand).
KURAJ, de Silvia di Natale, Gallimard, 2003 (traduit de l'italien).

FRANÇOIS-GUILLAUME LORRAIN

L'HOMME DE LYON

roman

BERNARD GRASSET
PARIS

Photo de bande :
© Gettyimages

© ISBN : 978-2-246-77211-8

à mon père.
à P.A.

I

1

Mon regard tombe sur la photo de Borg et McEnroe. Quand nous suivions leurs finales de Flushing Meadows, mon père était pour McEnroe et j'étais pour Borg. S'il avait été pour Borg, j'aurais été pour McEnroe, mais il s'était accaparé la tête de lard du Queen's et j'avais dû me contenter du Suédois blond et impassible. Je n'étais ni blond ni impassible. Le rouquin m'énervait. Il avait sans doute du génie, mais je haïssais ce génie qui enthousiasmait mon père. Ils étaient à couteaux tirés, nous étions à cran et silencieux. J'en sortais lessivé, le plus souvent vaincu, car les nerfs du Scandinave finissaient par lâcher. A cause du décalage horaire, ils lâchaient tard, vers trois heures du matin. On s'extirpait de nos fauteuils, engourdis, comme deux boxeurs sonnés de coups et j'allais, sans dire bonne nuit, me coucher. Mon père n'avait pu s'empêcher de m'offrir la photo de nos ennemis préférés.

Je me suis enfermé dans ma chambre d'enfant qu'avant sa mort, il avait transformée en bureau. Quand les enfants s'en vont, les parents réinvestissent les lieux, juste retour des choses. J'ai laissé mes vieux livres et mes petites voitures, visiblement, Maman leur fait encore la poussière. Je pourrais reprendre ma place. Non, bien sûr, je ne pourrais pas, c'est une hypothèse avec laquelle je joue, un attendrissement passager, une faiblesse dérisoire. Il y a vingt ans, j'ai pris la fuite en courant.

Nous sommes le 1er janvier 2009. Au premier de l'an on fait des cadeaux et Maman vient justement de m'en remettre un. Il est de mon père : une étrenne post mortem. Elle est allée le rechercher au sous-sol de la banque où il l'avait déposé avant sa mort, en 2001. La première fois qu'il m'avait emmené dans ce sous-sol, j'avais onze ans. Son coffre culminait à des hauteurs interdites et en faisant de grands bonds de kangourou, j'avais aperçu des billets et de petits sachets en velours. Ce jour-là, il avait rajouté un diamant en forme de pomme rapporté de New York. Une surprise pour

Maman, qu'il avait agitée sous mon nez avant de la ranger dans le coffre. Car s'il venait à mourir, il fallait, pour le bijou, que quelqu'un sache. Tu t'en souviendras ? Jure que tu t'en souviendras. Si je ne suis plus là, qu'elle ait au moins ça pour se consoler. J'avais juré. Je n'étais qu'un petit garçon, mais il me préparait déjà à l'idée de sa mort.

Mon père a choisi un papier bleu qui n'est ni laid ni joli. Le bleu est juste la couleur des garçons. Le paquet est bardé de scotch, le rouleau entier a dû y passer, on dirait une momie. Je ne sais pas défaire les cadeaux que j'éventre aux ciseaux. Je fais donc un massacre et je tombe sur une boîte en carton marquée fragile. Le fragile est en l'occurrence une liasse de photos et de documents, avec une lettre datée du 8 janvier 2001. Il nous a quittés le 5 février. Vingt-huit jours avant sa mort, il m'aura donc consacré un peu de son temps.

« *Mon cher fils,*

J'ai voulu attendre que tu aies trente-huit ans, l'âge que j'avais à ta naissance. Je me revois penché au-dessus de ton berceau. Ne souris pas, je me suis bien penché sur ton berceau. Je t'imagine avec un enfant dans les bras. Est-ce que tu compares ta vie à la mienne ? Impossible de savoir, je vais bientôt ne plus rien savoir...

Avec toi, je n'ai pas vraiment pris congé. J'avais envie de jouer les prolongations, de te faire croire que rien n'était perdu. Aujourd'hui, avec cette lettre, je te dis au revoir, à ma façon. Il y a deux mois, le 31 octobre, j'ai reçu mes résultats, et je me suis versé un verre de cognac. J'ai allumé un cigare et j'ai commencé à déambuler dans cet appartement que j'allais devoir quitter. Pour le médecin que je suis, la suite était facile à imaginer. Une dégringolade rapide, irrémédiable. Mon imagination ne m'a pas trompé.

Etre le seul à savoir peut être enivrant, mais quand il s'agit de sa mort, c'est une ivresse qui donne envie de vomir. Tant que je ne l'ébruitais pas, ma mort n'était peut-être qu'un mauvais rêve. J'ai donc parlé avec vous comme si rien ne pressait. Je remettais au lendemain, car forcément, il y aurait un lendemain... »

Je bute sur des mots, mais c'est mieux, beaucoup mieux que ses hiéroglyphes de médecin pressé. Il va mourir, il prend le temps, il écrit lisiblement.

Une date me revient : 23 janvier 2001, deux semaines après l'écriture de cette lettre. Jusque-là, je n'avais pas cru à sa mort, mais sa maladie est passée ce jour-là à la vitesse supérieure. Intervention du SAMU, branle-bas de combat, stupéfiante accélération des choses dans cet appartement dont il fut évacué à la hâte. On passe sa vie dans un lieu, mais la mort vous en chasse à coups de pompes au derrière. Savait-il qu'il ne reviendrait plus ? Moi non plus, je n'ai plus aucune réponse.

Ce 23 janvier, j'étais à Toulouse et quand j'avais rallumé mon portable, j'avais entendu « viens vite, cette fois, c'est fini, Chambre 432. Aile D ». Maman, qui jusque-là a tenu, mais qui craque avec lui. C'était un mardi, il faisait beau. Il fait souvent beau les jours d'affolement. Trois heures plus tard, j'étais au Val-de-Grâce. Un nom prestigieux, rassurant : je me suis dit qu'au Val-de-Grâce, on devait pouvoir s'en sortir. Mais j'ai commencé par m'y perdre avec la peur déjà d'arriver trop tard. Je me répétais tout bas : Chambre 432. Aile D. Une lettre, un chiffre, qui s'invitaient dans ma vie. Des infirmières m'ont fait de grands gestes et j'ai fini par trouver. C'est la fin, m'a répété Maman. La mort de mon père n'était jusqu'à présent qu'une désagréable éventualité, elle devint une triste certitude.

« *J'ai toujours su donner le change. Le mois dernier, quand j'ai refermé le portail de Maulu, je savais déjà que je ne le rouvrirais pas. Pour les étrangers, Maulu n'était qu'une maison de campagne, mais c'était notre "kolkhoze", notre "kibboutz". Je pense aux tempêtes qui vont souffler, aux arbres qui vont mourir, car les arbres meurent aussi. Je rêvais d'un abri, sous le grand frêne, que je te demandais chaque année de tailler, mais l'administration m'a fait comprendre que je pouvais faire une croix dessus et que ce serait le cimetière ou rien. Je suis allé en repérage, en touriste. Montparnasse sera mon terminus, avec pour décor des arbres rabougris, qui m'ont rappelé le Maulu des débuts. Tu ne peux pas te souvenir, c'était la chienlit, des ronces et des taillis. Il a fallu faire place nette, remplir le vide, mettre de l'ordre dans ce chaos. J'ai tout inventé. Potager à gauche, verger à droite, allée au milieu, pré en contrebas. Au début, tout était impeccable, mais je n'ai plus la force de couper. J'ai peur que vous ne vendiez ou que cela redevienne la jungle…* »

Nous n'avons pas vendu. Un jour, peu après sa mort, Maman a secoué les bras : « Comment allons-nous faire ? » On était dans l'allée du jardin. Mais elle s'est vite reprise car les arbres attendaient leurs engrais et nous avons commencé à faire de petits trous autour de leurs troncs. Ce fut notre déclaration de guerre à la jungle.

« *Le mois dernier, je me suis offert une petite promenade jusqu'aux sapins rapportés d'Allemagne, d'Autriche, de Pologne... Je ne m'en suis jamais occupé et pourtant, ils sont magnifiques, ils sont même ce qu'il y a de plus réussi à Maulu. Voilà comment va la vie. Un seul a poussé de travers, tout difforme, presque bossu, mais il est devenu le plus beau.*

C'était le soir. Le soleil était passé de l'autre côté de la colline. Le peuplier du voisin prenait le vent dans ses branches. Il n'y a que les peupliers pour prendre aussi bien le vent. On aurait pu croire qu'il pleuvait. Quand il y a du vent, on dirait toujours qu'il pleut dans les arbres. Seuls mes sapins remuaient sans faire de bruit, et je suis resté avec eux à attendre la nuit. Le ciel a fini par pâlir. Le vent a faibli. Les branches du peuplier n'ont plus bougé. Un corbeau s'est envolé en poussant son cri sinistre. Puis ce fut le silence. La nuit était là. Le tronc de l'arbre difforme faisait comme une planche, je m'y suis reposé.

Je voulais te raconter ce souvenir, un de mes derniers à Maulu. On t'aura peut-être demandé si nous avons eu le temps de parler, d'échanger ces phrases de dernière minute. Ne sois pas triste de répondre que non. »

Sa chambre d'hôpital aurait pu nous réunir, mais la mort avait déjà mis les barbelés. Ceux qui entraient croyaient voir un père et son fils venu à son chevet, mais il n'y avait plus qu'un vivant et un déjà-mort. Je faisais semblant de m'intéresser aux infirmières, je suivais leurs gestes mécaniques, j'écoutais malgré moi leurs propos insignifiants. Des banalités, toujours des banalités, qu'il laissait dire. Il gisait comme une tortue renversée sur le dos. Un père, à la fin, c'est un animal blessé, vulnérable. Une machine qui se déglingue et qui casse de partout.

« *A qui vais-je manquer ?… J'espère tout de même que je vais durer un peu. Voilà de quoi te rafraîchir la mémoire : une pile de photos auxquelles j'ai parfois joint des lettres. Ton seul et véritable héritage. Tu le touches en retard, mais il fallait laisser reposer ma vie, comme un bon vin. Te laisser vivre aussi. Rien ne presse. Phrase de mort, tu me diras, mais chaque chose en son temps.*

Ces mots-là, tu les as déjà entendus. Tu avais neuf ans et tu venais de revoir Marc, un jeune ami à moi qui dînait parfois à la maison. C'était la version officielle. Puis ce jour-là, dans la voiture, je t'ai expliqué que Marc était aussi mon fils, né avant toi d'une autre femme que ta Maman, dans une autre vie dont tu ignorais tout. Tu avais donc un demi-frère. Assis sur la banquette arrière, tu as répété : "J'ai un demi." Je t'ai repris, "non, un demi-frère", car vous aviez le même papa. Tu as baissé la tête et tu as dit : "D'accord pour le demi-frère", mais tu as voulu savoir si j'avais d'autres secrets. "Chaque chose en son temps…"

Regarde bien ces photos, lis attentivement mes lettres. Prends des notes s'il le faut, tu as toujours fait les choses un peu rapidement. Finis les plats, lève le pied. Tu es trop léger, tu te retournes trop vite. Je te vois grandir tard. "Pour qu'une chose devienne intéressante, il suffit de la regarder longtemps", écrivait Flaubert. Tu vois que ton vieux père a tout de même quelques lettres.

Aucune image n'est là par hasard et leur ordre n'a rien d'anodin. Pour certaines, j'ai aussi longuement hésité. Longuement… voilà un mot du passé. Un passé dont fait déjà partie Estelle. Je n'ai pas été un père facile, mais son éloignement aura été ma dernière douleur. Hier, tu es venu me montrer la photo d'une jeune femme. Tout ce que j'ai su te dire, c'est qu'elle ressemblait à Estelle. Je revois son visage… Elle ne lui ressemble pas du tout. Mais ma fille m'obsède, je la vois partout. Il paraît que vous ne vous parlez plus. Je n'ose imaginer après ma mort.

Certaines photos te feront découvrir de nouvelles têtes, te rappelleront des histoires que j'ai pu, sur la fin, te raconter. Lyon. La guerre. Les nazis. La Résistance... Tu connais mes marottes. Tu vas encore y avoir droit. Pour te guider dans cette époque lointaine, je te donne quelques bribes de mon enfance. Je ne me cherche aucune excuse, mais je n'étais qu'un petit garçon, ne l'oublie pas. Si tu vas jusqu'au bout... Aucune photo n'est là par hasard. Mais cela, je te l'ai déjà écrit.

Je pourrais tout te dire d'une seule traite. Tu sais que j'aime les détours, les silences. Tu croiras peut-être qu'il s'agit d'un jeu. Ce serait le jeu des choses impossibles à dire. Il se peut que tu ne trouves rien. Du temps a passé, les traces ont peut-être été effacées. Je prends le risque. Un jour, tu apprendras qu'à un moment, plus rien n'a vraiment d'importance. A toi de jouer.

Ton père. »

Les feuilles de papier ont la bougeotte. Je regarde mes mains, qui un soir, il y a huit ans, ont effleuré ses paupières. Un geste de cinéma, du haut vers le bas, auquel je repense parfois, en me demandant si je les ai bien refermées. La lettre est longue, mais elle aurait pu l'être davantage. En la lisant, j'en aurais presque oublié sa mort, comme dans mes rêves où il rapplique en pleine forme, increvable. Je me fais avoir à chaque fois. Mais papa, je pensais que… Tu pensais quoi, mon fils ? … Cette maladie, ce traitement, tu sais bien, ça s'est tout de même mal fini… Tu voudrais peut-être en avoir terminé avec moi ? Tu me voudrais crevé, c'est bien ça ?… Et me voilà à me justifier : mais non, j'ai juste l'impression d'avoir raté un épisode… On dirait que cela ne te fait pas plaisir ?… Au contraire, je t'assure… Tiens, fiston, regarde ce dont il est encore capable, ton vieux père… Et il se met à faire des assouplissements, à dévaler des pistes tout schuss, à conduire des bolides, à tirer des coups de feu. C'est reparti pour un tour et pendant qu'il se démène, il m'explique la raison de son absence, un long voyage, top secret, qui l'empêchait de prévenir. N'est-ce pas ce qu'on dit aux enfants, un long voyage, pour leur parler de la mort ? Parfois, il me demande aussi où sont passées ses affaires : il ne les retrouve pas, qu'est-ce que j'en ai fait ? Il m'engueule. Qu'est-ce que j'en sais, moi ?

Je lutte déjà contre la curiosité. Mais bon fils, je suis son conseil, ne pas se précipiter. Je relis certains passages en cherchant celui qui me concerne. Je n'ai jamais su ce qu'il pensait de moi. Alors comme ça, je suis trop léger, je me retourne trop vite ? Sous sa plume, je suis devenu un véhicule dangereux, un prototype défectueux à renvoyer à l'usine. Il me promet la maturité des lents. Vendange tardive. Comment ne pas croire les gens qui vont mourir ?

Avant de quitter ma chambre, je fais le tour de cette pièce où il n'entrait jamais, se contentant d'ouvrir la porte, d'un geste brusque, l'air de dire : n'oublie pas que je suis là, je peux surgir à tout moment. Il avait le goût des surprises. Son corps venait boucher l'embrasure, mais il restait sur le seuil. Puis il refermait la porte et disparaissait sans un mot. J'avais fini par m'habituer, je ne me retournais plus. Je gâchais la surprise.

Au-dessus du lit, je retrouve mon affiche de *Paris, Texas.* Le film était sorti en 1984. Pourquoi celui-là, je ne m'en souviens plus. Peut-être le titre, ce Paris qui se trouvait aussi au Texas. Ou bien Nastassja Kinski avec son pull noir trop court. Assise derrière la vitre sans tain d'un peep-show, elle semble me regarder. De l'autre côté du miroir, le reflet de son ex-mari revenu sans rien dire. Ils sont reliés par un téléphone, qui déforme sa voix. Il lui raconte leur histoire et elle finit par le reconnaître. 1984 : après les miroirs pour Alice, je découvre les miroirs de peep-show.

Maman fait la vaisselle. Je repense à la comptine. *Maman est en haut qui fait du gâteau. Papa est en bas qui fait du chocolat.* Je confondais toujours. Avec moi, Papa était en haut et faisait du gâteau. Je préférais le chocolat. Aujourd'hui, Papa n'est plus nulle part et Maman est seule dans la cuisine qu'elle a décorée de guirlandes et de pères Noël. Elle n'a renoncé à rien sinon au sapin. Malgré la lueur d'interrogation que je devine, elle se contente de dire :

— Ce paquet, j'ai eu parfois envie d'aller l'ouvrir. Mais il était pour toi, c'était les dernières volontés de ton père, et je devais attendre le 1er janvier 2009. Pourquoi, il ne m'a rien dit. Tu sais comment il était.

Oui, je sais. Et elle me laisse repartir sans m'interroger sur ce que je serre d'une main ferme. Je m'éclipse en piétinant le paillasson. Huit ans après sa mort, il est toujours là, marqué de ses initiales. GMJR. Guy Marie Joseph Rolin. Mystère de ce triple prénom presque saint qui ne se trouvait mentionné que sur ce paillasson. Qu'on s'essuie les pieds dessus ne semblait pas le gêner. La signification des deux lettres centrales m'a longtemps échappé. Pour le G et le R, je voyais, mais pour le M et le J, j'avais fini par imaginer un autre nom, réservé à une autre vie.

Je m'étais juré de prendre mon temps. Mais dans l'ascenseur, je me jette sur les photos, qui m'échappent. La porte se rouvre : l'ancien maire me surprend à quatre pattes.

— Est-ce que je peux vous aider ?

— Non.

J'ai répondu brusquement à cet ex-lieutenant de Valéry Giscard d'Estaing, qui jadis ne m'accordait pas un regard. Il a failli piétiner l'une des photos que je découvre avec lui : Jean Moulin. Qu'est-ce qu'il fiche là ? On verra ça plus tard. Elles ne sont déjà plus dans l'ordre, mais mon père, en prévision sans doute de ma maladresse, les a numérotées au verso.

— J'aimerais vous aider, mais à mon âge… Vous n'êtes pas le fils du docteur Rolin ?

Je lui fais comprendre qu'il ne s'est pas trompé.

— Vous savez que vous lui ressemblez ?

Je me contente de sourire.

— Je n'ai jamais eu l'occasion de vous adresser mes condoléances. Il y a combien de temps ?

— Huit ans.

Il hoche la tête en répétant le chiffre.

— C'est vous qui étiez venu chez moi.

Un jour en effet, mon père m'avait forcé à lui rendre visite. C'était l'époque où il me voyait président de la République. En attendant que sa vision se réalise, je l'inscrivais dans mes souhaits, en début d'année, sur mes fiches de classe. Les professeurs croyaient que je blaguais, mais mon père était très sérieux. Pour ma part, je n'avais aucune ambition, sinon celle, inavouable, de devenir un grand joueur de foot.

— J'espère que vous n'avez pas fini en politique ?

— Journaliste.

— Ah, les journalistes…, soupire-t-il.

Sans chercher à comprendre ce soupir, je ramasse la dernière photo qui traîne près de ses chaussures. Des bottines noires à boucle, comme en portait mon père dans les années 70. Il avait voulu m'offrir les mêmes. Quand je pense à lui, je revois des pantalons larges, des gabardines beiges à épaulettes, des lodens vert bouteille, des vestes prince-de-galles... Certains hommes de mon âge sont encore habillés ainsi, vêtus sans doute comme leurs pères.

— Tout va bien ? me demande, un peu gêné, le propriétaire des souliers.

Sans attendre ma réponse, le vieux politicien sort de l'ascenseur et me laisse seul, traînant par terre, comme un enfant dans un bac à sable. « Vous lui ressemblez » : sa remarque me rappelle une femme à qui j'avais confié la mort de mon père. J'en parlais à tout le monde. « Il devait être bel homme. » J'avais pris cette phrase pour un compliment qu'elle lui adressait. Puis j'avais compris qu'elle flirtait avec moi. Je remets les photos dans le paquet, sans oser les regarder.

2

Je franchis la Seine au pont de Saint-Cloud. L'eau, en contrebas, scintille sous le soleil glacé. Impression de Grand Nord. Mais je suis bien au pied de cette colline de Saint-Cloud qui rappelait tant à mon père sa colline de Fourvière. Un jour, on habitera là-bas, répétait-il à sa jeune épouse, en lui montrant quelques terrains en friche : à l'époque, ils faisaient la navette entre Paris et Vaucresson où ils venaient d'ouvrir un cabinet. Le jour où il aperçut un panneau immobilier, ils devaient partir en vacances qu'il annula pour être le premier sur le coup. Et comme il l'avait prédit, il retrouva sa colline sacrée. C'était l'histoire de Guy l'éclair.

Je rentre à pied pour pouvoir penser à lui. Cela n'est pas fréquent. Je n'aime pas penser à ce qui devait durer et qui n'a pas duré. Il flotte autour de lui comme un parfum de départ prématuré, de promesse trahie. C'est injuste, je le sais, il ne l'a pas fait exprès. Mais ceux qui sont partis trop tôt seront toujours des déserteurs. D'ailleurs, je ne dis jamais qu'il est mort. Je répète seulement : j'ai perdu mon père. Simplement perdu, autant dire, égaré, comme un trousseau de clés. A croire qu'il va finir par retrouver le chemin de la maison.

Il est parti le 5 février 2001, à l'hôpital du Val-de-Grâce. Il y a sept ans, dix mois et vingt-cinq jours, au 76 boulevard de Port-Royal, Paris 5e. Aile D. Chambre 432. Perdue au fond d'un couloir, sa chambre donnait sur la rue des Lyonnais. J'étais allé voir cette rue au charme vieillot. Aucun rapport avec sa ville : un certain Jean Lyonnet possédait là des terrains et son nom avait été déformé. Mais la coïncidence était assez inquiétante pour que je me garde bien de la lui rapporter.

J'entends reparler du Val-de-Grâce chaque fois que nos présidents ont un coup de moins bien. La France retient son souffle, le regard rivé sur cet hôpital dont les médias font le siège dans l'attente du pire. Mais le pire ne vient pas, nos puissants s'en sortent toujours et le font savoir à la télé. Parfois, j'imagine que c'est mon père qui déclare : tout va bien, aucune inquiétude à avoir.

Le Val-de-Grâce est devenu pour moi une zone interdite. Un trou béant sur la carte de Paris que j'évite en faisant des détours.

Deux joggers me dépassent en se traînant. L'un d'eux énumère ce qu'il a reçu pour le réveillon. Je regarde, au bout de mon bras, le « cadeau », qui se balance, avec cette lettre tombée du ciel. Je n'avais pas renoncé à y croire, il ne pouvait pas m'avoir laissé comme ça. L'héritage, je m'en fichais, c'est un signe que j'attendais. Il aura mis le temps. Je devine que je ne sais pas grand-chose, mais les pères disparaissent et l'on s'aperçoit qu'ils sont entourés d'une aura de mystère. Comme les autres, dira-t-on. Un peu plus quand même.

3

J'ai étalé les photos sur mon bureau. Il y en a six. Trois d'entre elles sont agrafées à des lettres soigneusement pliées : la 2, la 5 et la 6. En jetant un rapide coup d'œil, une chose me surprend : hormis sur la première, il n'apparaît sur aucune d'elles. Nulle part, je n'aperçois le père avec qui j'ai grandi. Sur la photo nº 4, je le reconnais en premier communiant : il tient une petite fille par la main. Il est également présent sur la première, accompagné par un monsieur aux cheveux blancs, mais il ne doit pas avoir plus de treize ans. Il est absent des autres images. Sur la seconde, je retrouve Jean Moulin en présence d'un Allemand. L'homme qui pose sur la troisième photo est un inconnu dont mon père a cependant précisé le nom : Werner Stoglitz. Je n'en ai jamais entendu parler. Il a également légendé la cinquième : Juifs fusillés de Rillieux-la-Pape près de Lyon

(29 juin 1944). Sur la dernière, il n'y a personne, il s'agit juste d'une cour d'école vide, celle du lycée Saint-Marc à Lyon.

Pour y voir plus clair, je récapitule en notant les inscriptions qu'il a bien voulu rajouter :

— Photo nº 1 : mon père adolescent avec un monsieur âgé qui s'appuie sur un fusil.

— Photo nº 2 : seule photo de Jean Moulin en présence d'un Allemand.

— Photo nº 3 : Werner Stoglitz.

— Photo nº 4 : mon père en communiant avec sa petite sœur. Bombardement de Lyon. 26 mai 1944.

— Photo nº 5 : les Juifs fusillés de Rillieux-la-Pape, près de Lyon, 29 juin 1944.

— Photo nº 6 : cour d'école, lycée Saint-Marc, Lyon. « C'est là que tout a commencé et que tout a fini. »

C'est un peu maigre. C'est même très décourageant. Il y a bien sûr les trois lettres, qui m'apporteront sans doute quelques éclaircissements. En disposant les photos sur la table, je me rends compte de ce qui m'attend. Je n'y comprends rien. Je relève seulement une proximité de dates – 1944, la guerre, comme il me l'avait promis –, même si les photos de Werner Stoglitz et de la cour d'école, difficiles à dater, me paraissent plus tardives. Autre point commun : la plupart semblent avoir été prises à Lyon.

Mais je serais bien en peine d'établir un lien entre ces images. Je m'amuse à les bouger. Je place en tête la dernière photo et sa phrase si mystérieuse. « C'est là que tout a commencé et que tout a fini. » Je les permute comme pour une réussite. S'il s'agissait de cartes, il suffirait de les retourner. J'essaie de nouvelles combinaisons, mais le résultat est encore plus confus. Il avait choisi un ordre et il avait insisté pour que je le suive.

Que puis-je faire, confronté à un tel puzzle d'images et de lettres ? Mon jeu est pauvre, je n'ai sur moi qu'une petite photo de lui, bien abîmée, que j'ai décidé de garder dans mon portefeuille après sa mort. Je la sors, la jette sur la table. D'habitude, un père et son fils posent côte à côte, mais ici, un bon mètre nous sépare : je déborde presque du cadre à droite, il touche l'autre bord. L'important, c'est ce qu'il y a entre nous. Le tombeau de Machiavel. Nous sommes à Florence dans la basilique Santa Croce de Florence, le Panthéon italien.

Avant de prendre la photo, il m'avait encouragé à brûler un cierge. Il en avait peut-être brûlé un lui aussi, priant le conseiller des Princes pour qu'il laisse suinter un peu de son génie à l'intention de son rejeton.

La date du décès de Machiavel, 1527, est gravée en chiffres romains. Ma tête arrive à hauteur de ces chiffres et touche presque le dernier bâton. Mais je parais bien petit devant tant de splendeur marmoréenne. Avec mes tennis, mon short rose, mon T-shirt blanc de la dernière Coupe du monde (1982) rentré dans le short pour les besoins de la photo, et surtout mes bras plaqués le long d'un corps à la fois raide et insensiblement de guingois, je fais aussi un peu emprunté. Mais ne s'agissait-il pas justement d'emprunter à Machiavel un peu de son aura ?

Mon père pose avec un large sourire. Il a cinquante ans et ne semble entretenir aucun doute sur le pouvoir magique de cette image où Machiavel s'est invité entre nous deux : il jaillit de la pierre sous la forme d'un petit buste, qui surgit tel un diable de sa boîte.

A l'été 2005, j'étais revenu seul voir Machiavel. Ce jour-là, un mal de dos m'obligeait à m'appuyer contre les pierres épaisses des palais florentins qui protègent si bien de la chaleur. Dans la basilique, il faisait frais, presque froid. La plaque funéraire avait été nettoyée, mais je l'avais reconnue et je m'en étais lentement approché, courbé comme un petit vieux, avant de m'adosser au marbre glacial. Ma nuque atteignait désormais le dernier mot d'une inscription latine : « ELOGIUM ». Je me sentais bien contre cette pierre dont la dureté me soulageait.

Mais quelques Japonaises hilares étaient venues se coller à moi. Machiavel, elles s'en fichaient, tout ce qu'elles voulaient, c'était faire clic-clac. Puis elles m'avaient fait la fête, comme à une star, mais en me voyant immobile, peut-être avaient-elles pensé que j'étais le gardien du tombeau. Probablement n'avaient-elles rien pensé du tout. Une chose est sûre, je suis quelque part au Japon, sur une version nippone et hystérique de notre photo où mon père aurait disparu et où je ne serais plus qu'un intrus.

De ma photo aussi, il a d'ailleurs disparu. Peu après cette visite à Florence, mon portefeuille est passé à la machine à laver et son côté a subi d'irrémédiables dégâts. Comme aux plus belles heures de la propagande soviétique qui éliminait les traîtres et les indésirables, il a été effacé. A présent, un rideau de flammes dévore l'image, mais il s'agit bien d'un dégât des eaux.

Aujourd'hui, la photo ne montre plus qu'un petit garçon, seul devant un tombeau dont les inscriptions ont été elles aussi gommées. Difficile de deviner sa présence, mais je sais qu'il est là, derrière le rideau de flammes, j'aperçois sa silhouette. A Santa Croce, il y avait aussi Dante, Galilée, Michel-Ange, mais c'est devant Machiavel qu'il m'avait demandé de poser. En choisissant cette image, je crois que je ne me suis pas trompé.

4

Photo nº 1

Lyon, 1944, l'accolade d'un grand-père

J'ai cru au début qu'il s'agissait de son père. Pierre Rolin. Je n'ai jamais vu aucune photo de lui, je sais seulement qu'il est mort en 1958, le 13 août. J'ai la mémoire des dates, mais cette précision ne doit pas cacher le fait que j'ignore presque tout du grand-père Rolin. A l'été 1958, mon père passait ses vacances au fin fond de l'Espagne et à son retour à Lyon, Pierre Rolin était déjà six pieds sous terre. Fâcheux contretemps qui, selon lui, résumait leur relation, et qu'il avait commenté ainsi : « A mon enterrement, essaie au moins de venir. »

Pierre Rolin avait succombé à une cirrhose et laissait le souvenir d'un grand buveur. Il était aussi un peu coureur et il était allé voir ailleurs. Il n'était pas allé très loin, courtisant sa secrétaire, qui le secondait dans la gestion d'un garage situé près de la gare des Brotteaux. J'imagine un physique assez rond, un visage de bon vivant, au sourire facile. Rien à voir avec mon père. Un doute planait sur ses activités pendant la guerre. Les Allemands lui auraient confié une partie de leurs véhicules civils. Entretien et réparations. En avait-il profité pour se renseigner sur leurs déplacements ? L'époque n'est pas d'une clarté idéale, certains n'avaient choisi aucun camp, d'autres avaient été dans les deux. Son garage aurait servi de couverture pour des opérations de la Résistance qui manquait de voitures. Mon père ne m'a jamais dit d'où provenaient ces informations et s'il y accordait le moindre crédit. Il suggérait, pratiquait le flou artistique.

Un élément intrigant : en 1943, il fait déménager sa famille de la Croix-Rousse pour le 2ᵉ, un arrondissement assez chic. Son affaire est donc assez prospère. D'où tire-t-il ces nouveaux revenus ? Il ne vit déjà plus avec mon père qui est rejoint par son grand-père maternel devenu l'homme de la famille.

C'est donc mon arrière-grand-père que je découvre sur cette photo, une main ferme posée sur l'épaule de son petit-fils tandis que de l'autre, il prend appui sur son fusil, tel un soldat au repos. Ils ont l'air de bien s'entendre. La photo date de 1944, mon père est donc âgé de douze ans. Il sourit tellement que ses dents pointent en avant. Est-ce en se regardant que lui est venue sa vocation de stomato ? Ses oreilles décollées me rappellent une chanson improvisée un jour sur la banquette arrière de la voiture avec Estelle. Il y était question assez méchamment d'un lapin aux grandes oreilles. On avait frôlé l'accident. Ses yeux sourient également. A l'époque, il souriait encore.

Mon père m'a parlé une seule fois de cet aïeul : à Lyon, en 1999, lors de notre dernier voyage. Estelle venait de se marier en Auvergne. Le mariage doit unir deux familles, celui-là avait défait la nôtre. Nous n'étions pas assez bien pour eux et ils nous l'avaient fait sentir. Il est vrai qu'avec mon père, le gendre était forcément un voleur de poules. Estelle n'avait pas souhaité que le père de la mariée prenne la parole. Nous avions dansé quelques rocks, mais les jambes étaient lourdes, le cœur n'y était pas. La veille au soir, Estelle avait été privée de sortie, obligée de s'ennuyer avec nous. Elle avait obéi pour la dernière fois, mais nous n'avions déjà plus rien à nous dire : sans le savoir, c'est notre vie de famille qu'on enterrait.

Plus tard, après sa mort, Maman m'a appris qu'il avait commencé à se goinfrer un mois avant ce mariage. Je me souviens de son entrée avec ma sœur dans l'église, bras dessus bras dessous. Une belle marche funèbre. Il y avait du tirage. Et puis son habit le gênait, devenu trop étroit.

Juste après ce barnum, je devais reprendre à Lyon un train pour l'Italie et il en avait profité pour s'esquiver et me raccompagner. Dans la voiture, il avait ruminé sa colère, répétant que le comportement de ma sœur n'était pas admissible. J'aurais plutôt dit « inadmissible », mais il n'employait que la dernière partie du mot, comme si la vie était un perpétuel concours.

Dès notre arrivée à Lyon, il avait foncé, tête baissée, vers les traboules, décor de son enfance. Nous étions partis du nº 12 de la rue des Capucins où il avait habité jusqu'en 1943. A l'époque, il sillonnait la Croix-Rousse sans emprunter une seule rue. Il était de l'espèce des taupes et se plaisait bien dans ces galeries où il s'amusait à semer son grand-père sur les pavés à « tête-de-chat ». Comme j'ignorais le mot, il m'avait fait caresser ces petits pavés fins et pointus, inconnus à Paris. Sur son parcours, il croisait des messieurs qui rôdaient près des boîtes aux lettres. Il n'était qu'un enfant, il croyait que tous ces gens-là jouaient.

Notre errance avait aussi quelque chose d'enfantin. Les traboules succédaient aux traboules et à son tour, il avait essayé de me semer, ce qui n'avait pas été très difficile. Je jouais au touriste, flânant dans ces allées aux allures d'impasses, qui bifurquaient au dernier moment. Il aurait voulu que je sois lyonnais, mais j'étais un vrai Parisien, tête de chien. Pour le rattraper, j'avais accéléré dans la traboule des Voraces. Il était à la peine. Le gamin qui « débaroulait » la Croix-Rousse comme un cascadeur fou était déjà un homme malade, qui s'était empiffré au mariage de sa fille.

Arrivé tout en haut, place Colbert, il m'avait désigné un banc. Je l'avais laissé reprendre son souffle et nous étions restés un long moment silencieux, la ville à nos pieds. L'air s'échappait en sifflant de ses poumons. Le sifflement diminua et il recommença à parler :

— A Paris, j'ai fait comme à Lyon, j'ai cherché les passages secrets, qui permettent d'entrer par une rue et de ressortir par une autre. Il y en a beaucoup plus qu'on ne le pense.

— Pourquoi tu ne m'as jamais emmené ?

Il avait haussé les épaules.

— Ils n'auraient plus été secrets.

Je n'avais guère apprécié sa réponse. Il avait dû le deviner et m'avait fait l'aumône d'une de ses expéditions : la cour de l'ancienne église des Cordeliers, rue de l'Ecole-de-Médecine.

— Si tu contournes le réfectoire sur la gauche, tu tombes sur un escalier blanc en colimaçon, qui jouxte un petit mur très facile à enjamber. Tu prends appui sur ce mur et tu te retrouves dans la rue Racine. Je suis un des seuls à être au courant.

La raison d'un tel gymkhana m'échappait, mais je suis allé vérifier. Il avait raison, à ceci près que le mur culmine à près de trois mètres. Mais quand on est poursuivi…

Je ressors un plan de Lyon. Le souvenir de cette journée m'a donné envie de retrouver les noms des rues que relient ces traboules : rue Burdeau. Rue des Tables-Claudiennes. Rue Imbert-Colomès. Rue René-Leynaud. Rue Romarin. Rue Diderot… Nous les aurons traversées brièvement, comme des fantômes.

Il m'avait emmené ensuite sur la tombe de son grand-père, enterré là avec sa mère. Mais leurs noms avaient été recouverts par la terre, que les pluies avaient charriée. Il chercha un responsable, mais le cimetière était désert. Un vent violent balayait les allées qu'il commença à arpenter en faisant de grands gestes, revenant furieux vers la tombe. Il s'était mis à genoux pour gratter, on se serait cru à Maulu. Il m'avait demandé de l'aider et nous avions déblayé la terre, jusqu'à ce qu'une première date apparaisse : 1948. Son grand-père, gazé en 1916, avait mis un certain temps à mourir de son cancer du poumon. Grand-père Johannes. Plutôt que de parler de sa fille, il s'était lancé dans l'historique de ce pépé né d'un métallo alsacien qui était tombé amoureux d'une infirmière berlinoise arrivée à Strasbourg. Une alliance mal vue, car la France venait de perdre la région. Pour avoir la paix, le couple avait quitté l'Alsace pour s'installer dans la région lyonnaise. Johannes avait grandi là et s'était enrôlé en 1914 dans l'armée française, se battant ainsi contre le pays de sa mère.

— Il avait les yeux bleus. Si dans la famille, tous les hommes ont les yeux bleus, c'est à lui qu'on le doit.

Mais cette généalogie oculaire m'intéressait moins que ce sang allemand dont j'ignorais qu'il coulait dans mes veines. J'avais alors repensé à mon séjour à Berlin, en 1990, où j'avais fui les Français, rêvant de devenir allemand. Finalement, je l'étais un peu. Guten Tag, Johannes.

J'avais continué à creuser, mais mon père s'était relevé : pour sa mère, l'administration s'en chargerait, il appellerait à son retour. Il n'aimait pas cette femme qui ne l'avait pas aimé.

— Regarde cette ville !

Il faisait de grands gestes vers les deux fleuves qui se rejoignaient un peu plus loin.

— Tout le monde peut pas être de Lyon, il en faut bien d'un peu partout !

Tant de fierté avait de quoi faire sourire.

— L'église de Fourvière, la cathédrale Saint-Jean…

J'essayais de le suivre dans son énumération.

— L'Opéra, la place Bellecour, est-ce que tout cela n'est pas magnifique ?

…

— Lyon est bien plus belle que Paris, mais nous sommes plus discrets, c'est pour ça qu'on ne le sait pas.

…

— Et pourtant, si tu savais comme elle en a bavé, toute cette merde pendant la guerre.

A l'époque de ce voyage, Lyon avait déjà son opéra dernier cri, ses ponts illuminés et son métro futuriste. Mais mon père en était resté à la ville des imprimeries clandestines, des geôles tout aussi clandestines et d'une époque qui ne sentait pas bon.

— Là ici, tout en haut, tout a l'air paisible, mais si tu plonges dedans, si tu arpentes chaque rue (je scrutais les rues au loin qui semblaient désertes), si tu fouilles un peu…

Sans finir sa phrase, il avait désigné la gare de Perrache.

— Ton train, il ne faudrait pas qu'on l'oublie…

Mais avant, il voulait boire une bière à la brasserie Georges. A chacun de ses passages lyonnais, il faisait un crochet par cette brasserie, où il avait bu sa dernière bière en 1959, avant de dire adieu à sa ville. Cette fois, il voulait la boire avec moi.

— Qu'est-ce que c'est que ces travaux qui bloquent la circulation ? Et à la prison Saint-Paul, les cellules sont toujours aussi sombres ? Quand j'étais jeune médecin, j'y effectuais des visites.

Il soûlait de questions le serveur, qui s'éloigna en haussant les épaules. Il se tourna alors vers moi.

— Tu vois, le grand hôtel, sur la gauche. C'est l'hôtel Terminus.

Le nom me disait vaguement quelque chose, rien de plus.

— Le premier siège lyonnais de la Gestapo... Enfin, tu devrais savoir.

Il semblait déçu. Pour me rattraper, je lui fis remarquer les lettres de l'hôtel rebaptisé « Château Perrache », qui s'affichaient en grand au-dessus du dernier étage.

— Tu crois que les clients de l'hôtel sont au courant ? Qu'ils se doutent de ce qui s'est passé dans leurs chambres ?

Au lieu de me répondre, il avait reparlé de ce grand-père avec qui il avait vécu, rue Jarente, au-dessus d'une caserne de miliciens. A la Libération, il était descendu piquer des uniformes en bas de chez lui où des SS avaient aussi jeté leurs défroques. Il était venu se servir, mais deux FTP l'avaient suivi, persuadés d'avoir mis la main sur le fils d'un milicien. Ils étaient jeunes, leurs mitraillettes leur brûlaient les doigts. Son grand-père leur avait montré sa médaille de la Première Guerre, puis les avait engueulés. Ils n'avaient donc rien d'autre à foutre que d'emmerder des gosses ? Il lui avait fait rendre les uniformes et lui avait flanqué une trempe devant eux. Bon, ça vous va comme ça ? Et il leur avait claqué la porte au nez. Des éclairs sortaient de ses yeux bleus.

— Bleu germanique ?

Mon père n'avait pas relevé, ne voulant peut-être pas gâcher ces derniers moments passés avec moi, où il avait réussi à parler tout en s'imbibant de bière. Il avait déjà fini la sienne et comme il était temps d'y aller, il vida aussi la mienne, buvant à la santé de ce formidable bonhomme qui lui avait sauvé la vie.

Nous n'avions plus échangé un seul mot jusqu'au train. Le nez collé à la vitre, j'avais agité la main, mais il ne m'avait pas répondu, restant sans bouger sur le quai, tandis que je m'éloignais doucement. C'est la première fois qu'il m'accompagnait dans une gare. Au moins, nous aurons eu le temps de connaître cela.

Dans le train qui m'emmenait à Florence, j'avais repensé à cet arrière-grand-père qu'il me présentait sur le tard. A peine si je m'en étais étonné. Mais aujourd'hui, il commence avec lui. Parce qu'il lui devait la vie ? Au-dessus de cette image, plane le souvenir de notre dernier verre. Voulait-il qu'il me revienne ? Je suppose que ce petit crochet par le cimetière n'était pas non plus innocent. Comme s'il avait deviné que l'occasion ne se représenterait plus.

5

En commençant par son grand-père, il a escamoté son père, esquivé sa mère. Quand il a eu douze ans, elle l'avait expédié en pension pour des raisons que j'ignore. Si sa mère l'avait abandonné, cela n'avait rien d'étonnant : ado, voilà ce que je lui avait balancé un jour, avec la vacherie de mon âge. Sans le faire exprès, j'avais touché juste. Voir pleurer mon père était inconcevable. Le faire pleurer fut un moment inoubliable.

Il ne dit rien non plus sur sa tante qu'il adorait pourtant au point de regretter qu'elle n'ait pas été sa mère. Je ne sais pas quand elle est morte, j'ignore même son prénom. Danielle ? Micheline ? Jocelyne ? Viviane ? Il ne me vient que des prénoms d'actrices de l'époque. Il m'avait parlé de son séjour en Afrique dans les années 50 et de sa liaison,

« juste avant la guerre », avec Ignaz Tax, un joueur de foot autrichien transféré à Saint-Etienne. Les supporters avaient francisé son prénom : Ignaz était devenu Ignace, sans doute parce que le film du même nom avec Fernandel venait de sortir. Il me semble qu'il était allé le voir, il devait avoir cinq ou six ans. *Ignace, Ignace, c'est un petit nom charmant.* Il fredonnait cet air quelquefois. Il ne chantait pourtant jamais. *Ignace, Ignace, c'est un petit nom charmant.* En fredonnant à mon tour, j'entends à nouveau sa voix. Ignaz Tax. Depuis que je l'ai retrouvé, le nom étrange de ce footballeur m'obsède. On dirait un faux nom. Le seul bizarrement qui me soit resté de son enfance.

Je m'en vais chantonner « Ignace » à Léa. Elle ne connaît pas et ma petite chanson lui fait l'effet d'une berceuse. Elle s'endort. Mais quand je croque dans une pomme, elle s'endort également. J'ai parfois l'impression qu'elle est sous hypnose. Elle exerce un métier dur, harassant, sans commune mesure avec ce qu'elle préfère dans la vie : relire les romans de Balzac à 2 000 mètres d'altitude, dessiner des koalas, imaginer des histoires très courtes avec des marguerites et des trèfles à quatre feuilles. Léa qui le week-end ne voit pas le temps passer, car ne rien faire, assure-t-elle, prend du temps. Elle est la seule à qui j'ai parlé des photos.

Je regarde à nouveau mon père dont les yeux semblent m'interroger. Ce regard me met mal à l'aise. J'enfile un short et je cherche mes tennis. Dès que quelque chose ne va pas, j'ai besoin de courir. La course chez nous est une histoire de famille. A onze ans, mon père avait voulu faire de moi un champion et le dimanche matin, un marathon me tenait lieu de messe. On se levait à sept heures, on partait en forêt, je dormais tout l'après-midi. Un jour, il m'a laissé tranquille et il est parti seul.

J'ai franchi la Seine. Quand je cours, la ville rapetisse. La Bastille jouxte Notre-Dame, l'Opéra n'est plus qu'à deux minutes du Palais-Royal et les Parisiens deviennent des mannequins de bois entre lesquels je slalome, rouge des cuisses. Après l'avenue de l'Opéra, j'oblique par la rue Auber jusqu'au Printemps dont les décorations prolongent Noël. C'est déjà la rue du Havre qui croise bizarrement la rue de Provence avant de devenir la rue d'Amsterdam. Etrange géographie des noms qui au pas de course apparaît encore plus absurde. Rue de Budapest. C'était l'adresse de son prothésiste chez qui il me traînait les mercredis après-midi. Je suis venu retrouver le seul endroit de Paris où il m'ait jamais emmené.

La rue est étroite. On y entre en passant sous un double porche, qui marque la frontière avec une zone plus obscure. Je retrouve l'échoppe où il m'avait offert des jumelles miniatures qui n'agrandissaient pas grand-chose. Un vieux barbu grisonnant règne sur un amas de stylos, de casquettes, de lunettes de soleil, de parapluies et de tours Eiffel.

A l'époque, des femmes laides et boudinées attendaient près du pas de porte. Nous frôlions en silence ces femmes-statues qui nous laissaient passer sans un regard. A l'intérieur, les escaliers biscornus sentaient la pisse. Les toilettes étaient accolées aux marches, entre deux étages, et leurs portes entrebâillées donnaient sur toutes sortes de saletés. Je prenais mes précautions avant d'aller chez Modens. Je l'orthographie ainsi, mais c'était peut-être Modains. Ou bien Modinsse. Aucune plaque n'indiquait sa présence, je n'ai jamais vu écrit son nom. Il m'effleurait le menton et m'offrait un bonbon, que j'acceptais sous le regard désapprobateur de mon père. Modens régnait sur une rangée d'hommes en blouse blanche penchés sur des mâchoires, qu'ils brûlaient au chalumeau. Certains portaient de grosses lunettes qui leur faisaient des têtes d'oiseaux. On entendait des bruits stridents. Pendant que mon père donnait ses consignes, je circulais au milieu des alchimistes en aspirant des odeurs de résine et de platine fondue. Puis Modens me disait « à la prochaine » et me proposait un autre bonbon que cette fois, je refusais. Nous repassions près du pas de porte où les femmes avaient parfois disparu.

Aujourd'hui, plus personne ne fait le pied de grue devant chez Modens et je m'aperçois que l'entrée ne porte pas de numéro. Je passe en revue les noms de l'interphone. Aucune trace d'un cabinet prothésiste. Le rez-de-chaussée est occupé par l'agence d'intérim Kelly, qui a bouché ses fenêtres avec du matériel publicitaire. Le bouton qui ouvrait la porte a été remplacé par un code. Une plaquette indique que l'entrée de l'immeuble s'effectue aussi au 96-98 de la rue Saint-Lazare. Je reviens vérifier. Mais ce double numéro disparaît derrière des palissades recouvertes par des affiches de spectacles terminés depuis longtemps. Je ne retrouverai pas ce que je suis venu chercher.

Je retourne vers l'échoppe où le vieux barbu lutte contre le sommeil. Je l'interroge sur les prostituées mais avant de me répondre, son regard s'attarde sur mon T-shirt qui arbore la rose du XV d'Angleterre.

— God save the Queen ! Elles sont parties. Cela ne marchait pas très fort. Le quartier a été un peu nettoyé, mais moi, je ne gêne personne. Parfois, j'ai même l'impression qu'on ne me voit pas.

J'aperçois des polaroïds qu'il vend pour dix euros. Je lui demande de me prendre en photo. Il s'exécute en grognant. Je pose mes mains sur les hanches et je bombe le torse. Un homme en imper déboule juste à ce moment et il faut la refaire. D'autres piétons passent devant moi. Je commence à me refroidir et après avoir remercié le barbu, je me remets en route avec le Polaroïd et la photo.

De retour chez moi, je m'écroule sur mon lit, épuisé par la course. Sur le boulevard Saint-Michel, je me suis un peu emballé, imaginant que mon père courait à nouveau à mes côtés. Nous étions au coude à coude, mais il ne voulait pas céder.

J'ai posé les deux images, l'ancienne et la nouvelle. Sa mort signifie l'impossibilité de refaire avec lui une photo. L'obligation aussi de faire avec celles qu'il m'a laissées. Du temps figé, au bout du rouleau.

6

Photo nº 2

Jean Moulin, juillet 1940

Ce n'est pas la photo la plus connue de Jean Moulin, cette image d'Epinal où l'homme de l'ombre, adossé à un mur, est coiffé d'un chapeau à feutre gris et se protège avec une écharpe rouge, un sourire flottant sur ses lèvres.

Sur la photo que mon père a choisie, le futur chef de la Résistance ne porte pas encore d'écharpe, mais un foulard blanc noué autour de la gorge. Il pose à distance d'un officier allemand et devant un épagneul qui sait déjà qui est le maître : le petit chien regarde l'occupant, qui a pris ses quartiers à Chartres en juillet 1940. Pour quelques mois encore, Moulin est un jeune préfet de la République, et au verso, mon père a marqué : « seule photo de Jean Moulin en présence d'un Allemand ».

Comme lui, il portait presque toujours l'écharpe et j'avais copié cette habitude, sans en deviner l'origine. Il m'avait parlé de Jean Moulin plus souvent que de son propre père. Voilà pourquoi je n'ignore rien des circonstances de cette photo. Le 17 juin 1940, la Wehrmacht avait demandé à Moulin de signer un « protocole » affirmant qu'un détachement de tirailleurs sénégalais avait violé et tué un groupe d'enfants et de femmes. Mon père nous avait emmenés à Saint-Georges-sur-Eure, au hameau de La Taye. C'est là, dans une ferme, qu'avaient été entassés les cadavres. On était venu en quelque sorte en pèlerinage, à la grande surprise des paysans qui n'étaient même pas au courant.

Mais Jean Moulin avait refusé de signer le protocole. Sa résistance commence là, à La Taye. Les Allemands le jetèrent dans un réduit, contre le tronc froid et gluant d'une femme démembrée. Une laisse de chien lui cisaillait les poignets, il reçut ses premiers coups. Je me souviens de l'expression utilisée par mon père : « De la viande d'Allemand s'est abattue sur lui. » De la viande d'Allemand… On lui avait à nouveau présenté le protocole, mais Moulin ne voulait toujours pas signer. On le ramena à Chartres pour l'enfermer avec un Noir dans la loge du concierge de l'hôpital, et par peur de flancher, il s'était tranché la gorge. Mon père nous avait montré le geste avec une précision quasi médicale : Jean Moulin fut découvert à l'aube couvert de sang et c'est pour masquer sa cicatrice qu'il décida de porter ce foulard blanc qu'on aperçoit sur la photo. « Tu sens comme il est là ? Cette mémoire des lieux. » A Saint-Georges-sur-Eure, mon père avait voulu me faire renifler l'Histoire. Mais je n'avais rien senti, sinon une odeur de rat mort.

Il a joint une lettre, des notes sur cette photo et Jean Moulin. Il s'étonne de la présence du major von Gutlingen, feldkommandant de la région de Chartres. « Que fait cet Allemand sur la photo ? Von Gutlingen a réquisitionné les bâtiments de la préfecture et il a contraint Moulin à s'installer dans la loge de la concierge. Après le traitement que la Wehrmacht lui a réservé, Moulin n'a évidemment pas envie que von Gutlingen soit sur la photo. Sa présence est une insulte. Tu vois, cette gêne sur l'image, cette distance ? Les ennemis de Moulin se sont pourtant servis de cette photo pour le compromettre. Un héros, il est facile d'en faire un salaud. »

Le mot « salaud » ne faisait pas partie de son vocabulaire. Moulin l'a toujours passionné, mais j'en ignore la raison.

Plus loin dans cette lettre, mon père reconstitue le parcours lyonnais de Jean Moulin, le jour de sa fameuse arrestation, à Caluire, dans la maison du docteur Dugoujon. Il commence par son réveil, dans sa chambre, place Raspail, près du pont de la Guillotière. Il a même indiqué la distance, 800 mètres, qui le sépare de l'Ecole de Santé Militaire, avenue Berthelot, où la Gestapo a ses nouveaux locaux et où après la guerre, il fera ses études.

Mon père avait essayé de m'initier aux charmes de « l'affaire Jean Moulin ». Tous ces mouvements de Résistance qui se tiraient dans les pattes, toutes ces luttes d'influence. Je faisais mine de l'écouter, mais je n'y comprenais rien. Avec les noms déjà, j'avais du mal. Aubrac, Aubry, Schwartzfeld... Qui était qui ? Pour qui roulaient-ils ? Je ne sais toujours pas.

Il a noté encore ceci :

« Le 23 juin 1943, Moulin, Aubrac et le colonel Schwarzfeld, arrivés après les autres, sont laissés dix minutes avec les autres patients, dans la salle d'attente du docteur Dugoujon. Ils sont au rez-de-chaussée, tandis que les autres membres de la réunion poireautent depuis près d'une heure au premier étage. Etrange. Moulin a tout prévu : il a sur lui la lettre d'un médecin marseillais qui le recommande au docteur Dugoujon afin que celui-ci lui trouve un spécialiste des rhumatismes. J'ai eu moi aussi une salle d'attente, j'aurais pu être ce docteur lyonnais. »

Hardy s'évade juste après les arrestations effectuées par Barbie. La fuite du « traître » Hardy suscite chez mon père, comme chez tant d'autres, les plus grands doutes.

« Février 2000 : j'ai cherché le fossé en contrebas où Hardy se serait caché pour échapper aux coups de feu. Mais la place est large, plus de 50 mètres séparent ce fossé de la maison du docteur Dugoujon. Où était la voiture dont parle Barbie ? Sur combien de mètres Hardy a-t-il dû courir ? Les Allemands ont-ils fait semblant de tirer ? Certains événements ne livrent-ils jamais leur secret ? »

Mon père est donc allé sur place pour effectuer des repérages. Février 2000 : il était déjà malade et il a malgré tout cherché à résoudre la grande énigme française du siècle. Mais il a échoué : « Comme souvent, chacun a sa version et parfois même plusieurs versions qui varient selon les époques. »

« Ce 21 juin 1943, Moulin avait déjeuné dans un restaurant, rue Victor-Hugo. Nous venons de déménager rue Jarente, à deux pas. Je rentre le midi des Lazaristes, montée Saint-Barthélemy. Il sort du restaurant, se dirige vers Croix-Paquet, nous aurions pu nous croiser. »

J'ai l'impression de lire des notes qu'il aurait prises pour lui. Une pensée chemine seule, en quête de réponses. Pourquoi tenait-il tant à savoir ? Parce qu'il aurait frôlé l'Histoire en marche, effleuré un homme sur le point de devenir une légende ? Au mystère Jean Moulin, s'ajoute le mystère de son intérêt pour cette affaire.

Il mentionne aussi le nom de Christian Pineau, futur ministre et négociateur du traité de Rome, qui avait rasé Jean Moulin au fort de Montluc, avant qu'il ne soit acheminé à Paris :

« Comment raser le visage tuméfié d'un homme torturé ? Comme si on m'avait demandé d'enlever une dent à quelqu'un dont on vient de démolir la figure. Certains prétendent qu'il ne s'agissait pas de Moulin, mais d'un homme au visage bandé qu'on a pris pour Moulin. Alors je pose la question : comment raser une figure entourée de bandages ? »

Puis cette dernière remarque : « Les cendres de Moulin au Panthéon ne sont pas les siennes. De quel corps proviennent-elles ? » Toujours cette attention pour les détails physiologiques.

Suivent quelques commentaires sur Barbie :

« Lobe droit plus bas que le lobe gauche. Aimait enfermer les curés avec les femmes. Utilisait un chien "cavaleur" pour se jeter sur les femmes nues interrogées. Son parcours à Lyon : d'abord à l'hôtel Terminus, jusqu'en juin 1943. Puis à l'Ecole de Santé Militaire, avenue Berthelot, jusqu'au bombardement américain du 26 mai 1944. Enfin, au 32 place Bellecour, près de la maison, jusqu'à l'évacuation, fin août. »

Cette lettre s'achève sur ses souvenirs de l'Ecole de Santé Militaire.

« Les Américains ont bombardé la Gestapo sans le faire exprès. En visant la voie de chemin de fer jusqu'à Perrache, ils se trompent de 200 mètres et alignent toute l'avenue Berthelot. Les Lyonnais en ont longtemps voulu aux Américains. La direction de l'Ecole se refusait à reconstruire les porches d'entrée. Baron, un étudiant, filait rendez-vous aux filles dans les caves du bâtiment ouest encore accessibles. Tout cela ne datait que de quelques années. Il leur montrait les inscriptions sur les murs, les traces d'ongles, et après, c'était dans la poche. Pendant qu'on travaillait notre anatomie, j'imaginais les baignoires, les électrodes, les crochets, les corps traînés jusqu'aux caves. Je suis retourné là-bas. Tout a disparu évidemment, remplacé par un musée, un centre sur l'histoire de la Résistance. Des panneaux, des explications, on a du mal à s'imaginer. »

Moi aussi, j'ai du mal à l'imaginer, à le suivre pas à pas dans ce travail de fouilles insoupçonné. Je retrouve pourtant ses lubies, cet esprit qui retenait toujours les détails insolites. Je voudrais tout reprendre à zéro, retourner à La Taye, à Caluire, l'interroger à nouveau sur l'affaire Jean Moulin, et cette fois je promets, je ferai un effort pour l'écouter. Pourquoi m'envoyer sa photo comme s'il faisait partie de la famille ?

A la maison, il était toujours question des grands de ce monde, jamais de lui ou de nous. Cela continue, il parle encore d'un autre.

Je regarde à nouveau l'image. Mon père avait raison : le plus frappant est cette distance qui sépare les deux hommes. Moulin n'avait pas envie d'être sur la photo. Son corps se tient en retrait, comme s'il avait commencé à rejoindre l'armée des ombres.

Cette image me renvoie aux photos où je figure avec mon père. Plus tard disait-il, je serais bien content d'en avoir. J'acceptais en gardant mes distances. Pas de bras sur l'épaule, aucun contact, gentleman's agreement qu'il avait toujours respecté. Un jour, il nous avait fait poser à la perpendiculaire : chacun regardait droit devant lui, en ignorant l'autre, comme deux statues. Ou deux morceaux de photo recollés pour n'en faire qu'une.

7

Des bruits légers contre la vitre m'ont fait relever la tête. Ce soir, il neige sur Paris. Les particules tournoient avec paresse et blanchissent brièvement en traversant la lumière du réverbère. Je les suis d'un œil hypnotisé. Le ciel part en lambeaux et s'effiloche avec lenteur. Ils avaient prévu cette chute de neige. A Maulu aussi, elle doit tomber, mais plus drue, sur l'écorce des arbres que mon père a plantés. Elle tombe, mais plus doucement, à Saint-Cloud où Maman me prépare peut-être un nouveau couvre-lit. Depuis la mort de mon père, elle est devenue une Pénélope infatigable, mais qui brode sans espoir de retour. Nappes, tapisseries, traverses de table, compositions florales… elle distribue ses créations. Le 1er janvier, juste avant le « cadeau », j'ai eu droit aussi à un nouveau couvre-lit bien épais, bien moelleux, comme cette neige qui tombe sous les yeux des êtres que j'aime. J'aperçois Léa qui ne décolle pas de la fenêtre.

Tout à l'heure, elle est passée à côté de moi, sans prononcer un mot. D'un simple regard, elle devine quand je suis « dans mes photos ». Au journal aussi, on me trouve un air plus distrait. Je laisse filer les sujets, je rends en retard des papiers que je bâcle. Des reproches m'ont été adressés, mais je m'en fiche. Que pourrais-je leur dire ? Que je suis de l'autre côté, avec un mort qui ne les regarde pas.

Mais ce soir, ces photos me pèsent et j'interpelle Léa toujours fascinée par la neige.

— Que ferais-tu si tu héritais d'un encombrant ?

— Je m'en débarrasserais, me répond-elle sans quitter des yeux son spectacle magique.

— Et si tu ne peux pas ?

— Si c'est des fleurs, j'achète un vase et je les arrose, j'essaie d'être une bonne mère. Si c'est un cercueil, je dors dedans.

Quand je lui dis que « l'encombrant », ce sont les photos, elle se souvient d'une histoire qu'elle a lue.

— C'est un patient qui veut remercier un dentiste pour toutes les dents qu'il lui a sauvées. Il lui fait cadeau d'un magnifique chandelier. A l'origine, il y en avait une paire, mais il n'a pas trouvé l'autre. Le médecin déteste le cadeau et revend le chandelier qui se retrouve sur un marché aux puces où le patient le rachète, convaincu qu'il s'agit du second exemplaire qu'il cherchait. Et il l'offre à son médecin.

— Tu veux dire qu'il y a des cadeaux dont on ne se débarrasse pas ?

Léa ne veut rien dire.

— Il y en a un dont j'aimerais recevoir les photos, après sa mort, c'est Balzac. J'imaginerais des histoires, mais je n'irais jamais jusqu'au bout, pour continuer à chercher. C'est comme ses romans, je ne voudrais jamais les finir.

Sur ces mots, Léa décide d'aller se coucher. D'où tire-t-elle son histoire ? De Balzac ? Ou a-t-elle inventé ce dentiste, en se rappelant la profession de mon père ?

A présent, les flocons se pressent plus fort. Dans la maison d'en face, je n'aperçois plus que de vagues lumières et une vague silhouette qui se tient comme moi, immobile à sa fenêtre. Les rues sont désertes. On ne perçoit plus aucun bruit. Un blanc manteau se dépose sur les maisons et sur les tombes, sur les vivants et sur les morts. Rien ne distingue plus ces deux mondes et mon père semble avoir plus d'existence que tous ceux qui m'entourent. Il neige aussi sur les grandes allées du cimetière Montparnasse et sur le marbre rouge de sa tombe. Demain, j'irai le voir.

8

La neige a tenu et j'ai mis sa chapka, ses bottes fourrées et ses gants en peau de mouton. Me voilà prêt à affronter le pôle Nord. Mon père était d'une génération qui achetait ses habits pour la vie. Ces bottes et ces gants ont fait mieux, ils lui ont survécu.

Mes sourcils se prennent dans les poils de sa chapka : il avait une grosse tête. Ses gants aussi sont trop grands et me font des mains d'ogre. On dirait un enfant qui a fauché les affaires d'un géant. Mais j'ai enfin un petit air de famille.

Je m'enfonce dans la neige. Le cimetière n'a pas encore été déblayé. Un grand silence blanc règne sur les allées, je suis presque seul. Je ne viens pas souvent. Devant sa tombe, je reste toujours idiot, comme s'il n'y avait personne, seulement son nom, gravé là pour garder une trace, quelque part sur terre. Guy Rolin. Je déchiffre lentement, comme un mauvais élève. Je regarde aussi les dates et je fais semblant de tout recalculer. Rien à faire, j'obtiens toujours le même résultat. Soixante-neuf ans, à huit mois près. A la fin, il s'accordait un an de plus, comme ces enfants pressés de grandir. Il n'atteindrait pas soixante-neuf et il le savait.

Le jour de l'enterrement, je n'avais rien vu et la première fois que je suis venu seul, je me suis égaré, longeant les tombes comme un simple touriste. Je ne voulais pas le trouver. J'ai quand même fini par tomber sur lui. Cette fois, je remarque les sapins qu'il mentionnait dans sa lettre. Je passe ma main sur les troncs, où un peu de neige s'est accrochée.

Je me suis habitué à ses voisins. Gainsbourg est toujours aussi copieusement fleuri. Mais les visiteurs sont rares en cette journée glaciale. Seule une femme, à une dizaine de tombes, fait de grands gestes. Elle a l'air de passer un savon au mort qui a peut-être fait des conneries. Ou c'est juste qu'elle lui en veut de l'avoir laissée seule. Les femmes, dans les cimetières, sont plus assidues que les hommes. Un petit chien, à côté d'elle, se met à aboyer, elle lui fait signe de se taire, puis repart dans sa véhémence.

Je devrais peut-être faire comme elle. Essayer de lui parler. De te parler. Je repense aux deux premières photos. Tu ne t'es pas beaucoup livré. Où veux-tu m'emmener ? Pour m'occuper, je verse un peu d'eau sur les géraniums que la neige a abîmés. Mais les tombes sont mal fichues et la moitié de l'eau part dans les rainures. Tes voisins en profitent. Arroser alors qu'il vient de neiger est idiot, mais un arrosoir donne une contenance. A Maulu, j'étais chargé des arbres que tu venais de transplanter. Il faut humidifier les racines, tu me répétais. Reboucher le trou. Aplatir la terre avec ses pieds. Tu vois, je n'ai rien oublié.

Je n'ai pas oublié non plus ton enterrement, au moment où on allait se donner la main. Estelle a refusé la mienne, intercalant un ami, qui m'a regardé un peu surpris. Pour oublier ce qui venait de se passer, j'ai repensé à nos trous creusés ensemble à Maulu. La tourbe. Les engrais. Les touffes d'herbe. Il en fallait, des attentions pour qu'un arbre reparte. Cette fois-là, il ne s'agissait pas d'un arbre. Il ne s'agissait pas non plus de « repartir ».

Quelques jours auparavant, je m'étais disputé avec Estelle. Tu réclamais sa présence.

Elle va venir, elle va venir, te rassurait Maman, qui ne lâchait plus ta main. Elle viendra finalement, quelques heures avant la fin. Quand elle entre dans la chambre, une larme te coule au coin de l'œil. Tu l'essuies, puis tu sombres définitivement. « C'est maintenant que tu arrives », je lui dis. « Fiche-moi la paix, je viens prendre congé de lui », me répond-elle. Je ne lui fiche pas la paix et on commence à s'écharper. Voilà comment tout a fini, avec tes enfants qui s'engueulent devant ton lit de mort.

Depuis ce jour-là, je ne l'ai plus revue. Après ton enterrement, elle a filé avec mari et enfants, laissant sa mère profiter seule de son veuvage. En plus d'un mari, Maman a perdu sa fille et ses petits-enfants. Ta mort a sonné l'heure du départ, de la diaspora familiale. Toi vivant, les murs tenaient, tant bien que mal. Tu as disparu et tout s'est écroulé…

En sortant du cimetière, boulevard Edgar-Quinet, je tombe sur le banc de mon père. Je lui donne ce nom-là, car c'est sur ce banc qu'il avait passé sa première nuit à Paris. Un mendiant y est déjà assis et il me regarde méchamment comme si c'était sa place. Mais je m'installe après avoir nettoyé la neige avec les gants de mon père.

Il a dormi là en novembre 1959. Il arrivait de Lyon où il venait de perdre sa femme, son enfant, son appartement et sa voiture. On lui avait refusé un avocat car il était encore sous les drapeaux. Il s'était soûlé à la brasserie George, puis avait pris le train pour Paris où s'était libérée une place de médecin dans une clinique de la rue d'Amsterdam. Un meublé avait été réservé à son nom, 24, rue Marbeuf, mais le propriétaire avait oublié de laisser les clés au concierge. Il avait commencé à descendre les Champs-Elysées, à longer les Tuileries. Puis il s'était perdu et cette errance avait pris fin boulevard Edgar-Quinet où il avait échoué sur ce banc, pour économiser l'hôtel.

Il avait donc passé sa première nuit à Paris juste devant son futur cimetière. Mon voisin, qui se contrefiche de cet art de la boucle, crache en m'adressant un regard de reproche. Il a l'air exténué. Sa barbe lui mange le visage et il me fixe de ses petits yeux tristes. Je m'aperçois qu'il en a après mon héritage. Je serre les poings. J'enfonce la chapka sur mes oreilles. Et je quitte le banc de mon père.

On est samedi, mais je me dirige vers le journal, qui n'est situé qu'à deux cents mètres du cimetière. Je travaille au 13e étage d'une tour qui le surplombe. Après avoir manœuvré pour obtenir un bureau avec vue, j'ai réussi avec des jumelles à retrouver sa tombe.

Je viens de repenser à une image qui trône dans les couloirs : Jean-Paul II en couverture. Mais l'on pourrait croire que c'est mon père qui a posé. Il était fier de cette ressemblance papale et il en jouait avec sa clientèle. Le bruit s'était répandu qu'un stomato avait les traits du Saint-Père et certains ecclésiastiques accouraient pour lui confier, souriants, leurs bouches endommagées. Ils souffraient quand même, mais repartaient en promettant de prier pour lui.

Un jour, je suis tombé en arrêt devant cette photo, exhumée des archives du journal, et qui le ressuscitait sur les murs. « La Croix se lève à l'Est. » Daté du 23 octobre 1978, le numéro était vendu six francs.

Me voilà devant lui : le gros plan accentue la ressemblance. Le front largement bombé, le nez charnu, les sourcils épais, la texture souple, presque soyeuse, des cheveux blancs, tout y est. Le plus frappant, c'est l'énergie qui passe dans les yeux. Des yeux bleu Steve McQueen quand il tire sur les bandits dans *Les Sept Mercenaires.* Un regard doux et implacable. Parfois, j'évite ce couloir.

Aujourd'hui, son regard semble me suivre, comme dans ces peintures de la Renaissance, où le modèle ne lâche pas le visiteur qui se déplace devant lui. Je finis quand même par décrocher le portrait.

Léa bat des paupières devant le pape. De mon père, elle connaît seulement la photo que Maman m'avait donnée après sa mort et qu'elle avait prise sur le bateau qui les emmenait à l'île Maggiore, au milieu du lac Trasimène. Il m'avait souvent parlé de Trasimène, cette terrible bataille où Hannibal descendu de ses collines avait mis la pâtée aux Romains. 15 000 morts, 10 000 prisonniers : la première boucherie de l'Histoire, le Verdun de l'Antiquité... Rome avait tremblé. Trasimène ou le pressentiment de la mort, disait-il en insistant sur l'air doux qui flottait sur les berges du lac. *Sur les champs de bataille, l'air est toujours d'une douceur étonnante, inquiétante.*

Avec Léa, nous comparons le pape avec la photo de Trasimène. La ressemblance est troublante.

— Le pape était ce qu'il avait de meilleur.

— Pourquoi dis-tu cela ?

Je ne sais pas. Mon père étend son bras, la main posée fermement sur la coque tandis qu'il lève l'autre bras, d'un geste ample, solennel, comme s'il était en voyage officiel et qu'il voulait marquer ce moment. Mais il ne regarde pas l'objectif. Son visage est de profil, tourné vers un paysage lointain qu'il semble fixer avec une intensité douloureuse. Je dis bien « semble », car tout cela est peut-être une pose.

Léa veut connaître la date. 22 août 1999 : j'allais le lendemain déménager de Florence et ils étaient venus me chercher.

Les eaux du lac sont bleues, le soleil tape fort, mon père est bronzé, ce pourrait être une banale photo de vacances.

Mais le scanner qu'il passa à son retour à Paris fut loin d'être banal. S'en doutait-il ? J'imagine qu'il ressentait une gêne, qui ne peut pas se voir. Sur une image, tout n'est pas visible et l'invisible ici est cette maladie qu'il ignore en bombant le torse. Il fuit un objectif que d'habitude, il fixait, dévisageant à l'avance ceux qui le regarderaient. Il s'échappe vers les collines et vers Hannibal. Ce bateau me fait soudain penser à ces embarcations pour les défunts que l'on convoie vers l'au-delà. Trasimène ou le pressentiment de la mort, disait-il à propos des Romains. Mais cette fois, il s'agit de la sienne.

9

Photo n° 3

L'ami allemand (1987)

Je n'ai jamais vu cet homme. C'est du moins d'abord ce que je crois. Mon père a indiqué son nom en lettres majuscules. WERNER STOGLITZ. Ce nom ne me dit rien. Voilà une de ces têtes nouvelles dont mon père parlait dans sa lettre. Mais que vient-il faire là ?

Il semble avoir une soixantaine d'années. L'air plutôt sympathique. Les lèvres esquissent un très léger sourire et le regard pourrait sembler rassurant s'il n'était voilé par des sourcils épais qui dissimulent le bord supérieur des pupilles. Les couleurs ont déjà pâli et le visage a pris une teinte verdâtre. Je déchiffre une suite de numéros. On dirait une photo administrative.

Derrière, dans le coin droit, il a écrit, en tout petits caractères : hôtel d'Aubusson, 1987. Cette inscription m'avait échappé au début lorsque j'avais retourné la photo. Je suis déjà allé dans cet hôtel. La première fois, j'y ai croisé mon père devant l'entrée. Je faisais mon hypokhâgne à Fénelon et j'avais séché les cours pour aller voir un western à l'Action Christine, qui était le cinéma le plus proche. Je faisais mes études loin de Saint-Cloud et j'ai cru qu'il me surveillait. Avec lui, il fallait s'attendre à tout. On était un vendredi après-midi, un moment de la semaine qu'il se réservait pour des courses à faire à Paris. C'est du moins ce qu'il prétendait.

— Qu'est-ce que tu fais là ?

C'est lui bien sûr qui avait posé la question. J'ai prétexté un cours annulé et un livre à acheter dans une librairie au bout de la rue. Mon excuse a semblé marcher. Il était accompagné par un homme qui se tenait en retrait. Comme je le regardais avec insistance, mon père a dû se sentir obligé de me le présenter.

— Un ami.

Puis il lui a désigné son fils que cet ami anonyme a salué d'un petit mouvement de tête. Je n'aurais pas entendu le son de sa voix si une femme n'avait trébuché contre le trottoir. L'homme s'est précipité et lui a demandé si elle ne s'était pas fait mal. Il parlait avec un fort accent allemand. Mon père a écourté la conversation.

— Ne traîne pas trop.

Il avait repris le ton cassant auquel j'avais droit. Pour que sa voix s'adoucisse, il fallait qu'il soit en blouse blanche, penché sur ma bouche qu'il examinait avec une bienveillance suspecte. Quand j'entendais cette voix, je savais que j'allais déguster.

— Ne traîne pas trop.

Il m'avait parlé comme à un coupable pris en flagrant délit. J'ai filé en faisant mine de chercher la librairie qu'évidemment, je n'ai pas trouvée. Je n'ai pas trouvé non plus mon western, car effectivement, je n'ai pas traîné et je suis rentré directement à la maison. J'étais persuadé qu'il allait me demander des explications. Mais il n'a fait aucune allusion à notre rencontre et je n'ai plus pensé à son ami allemand. Jusqu'à cette photo où il refait surface.

10

Je retourne à l'hôtel d'Aubusson où les portes s'ouvrent toutes seules devant moi. Je fais semblant d'être un habitué et j'allonge mes jambes près de la cheminée. Quelques bûches éclairent vaguement, l'hôtel est désert et paraît abandonné. Un serveur très âgé finit quand même par surgir dans mon dos. Avec ses cheveux blancs coiffés en casque, il a l'air d'un fantôme et sans un mot il me tend une carte. Je lui commande un Pimm's, cocktail très british que mon père avait découvert dans les sixties, au cours d'un voyage à Londres. Il en avait aussi commandé un pour notre dîner, qui eut également lieu ici. Notre seul tête-à-tête. Pour m'inviter, il lui avait fallu attendre la fin. Plus tard, j'apprendrai que ce jour-là, il venait de recevoir ses derniers résultats, ces marqueurs entourés au stylo qui sont les chiffres annonciateurs de la mort. En les faisant baisser un an auparavant, il avait gagné la première manche, mais une autre débutait et il savait qu'il n'y aurait pas de belle. Mais il n'en avait rien montré. Ce fut donc un dîner d'adieux, où j'ignorais qu'il s'agissait d'un adieu, et il m'avait laissé débiter mes fadaises, me poussant même à la confidence.

— Alors, tu n'as rien à me dire ?

Il me posait déjà cette question quand j'étais petit comme si j'avais forcément quelque chose à lui dire, une bêtise à avouer. C'était donc la question de mon enfance, mais posée sur un ton plus doux. Je l'observais à la dérobée. Je flairais le traquenard, mais j'étais loin de deviner que c'est lui qui avait quelque chose à me dire. Il m'avait simplement informé qu'il n'était pas dans un jour sans. Car sa vie, désormais, se partageait entre les jours sans et les jours « avec », qui alternaient selon une régularité qu'il cherchait à dérégler.

Lors de ce repas, il était revenu sur mon dernier article intitulé : « Hong-Kong mon amour ». Dans *In the Mood for Love*, une Maggie Cheung frémissante et inaccessible frôlait un Tony Leung mélancolique et austère. Je débutais et j'alignais un maximum d'adjectifs. Mon rédacteur en chef avait crié au « génie », ce que je m'étais empressé de répéter à mon père.

Il m'avait lu avec attention et ne voyait pas ce que cet article avait de « génial ». Il n'aimait pas mon métier. Quand je lui avais annoncé ma reconversion, il m'avait demandé si un seul enfant avait jamais rêvé de devenir critique de cinéma. Un seul ? Avec le temps, sa colère s'était calmée, mais je devinais encore de l'amertume.

Cet article, il le trouvait quand même « bien ». J'ouvris de grands yeux. Il insista. Pas « génial », mais « bien ». Qu'est-ce qui lui prenait ? Etait-ce la fin qu'il sentait proche ? Puis il s'était repris : « Enfin, lisible. »

Au dessert, il m'avait interrogé sur mes projets d'avenir. Mes amours ? Avec lui, je n'abordais jamais le sujet.

— Tout va bien, je ne suis pas seul.

Il m'avait corrigé.

— Je ne te parlais pas de cela.

Avant d'ajouter en détachant les mots :

— Un petit livre ?

Il avait dit : « Un petit livre ? » comme on dit : « Un flan ? » ou « Un beignet ? ». J'avais secoué la tête.

— Si à l'avenir, tu envisages de te pencher sur moi, sache que tu peux y aller franchement. Je ne t'interdis rien, tu es libre d'écrire ce que tu veux. Est-ce que je ne serais pas un bon sujet ? Je ferais même un excellent personnage, tu ne crois pas ?

Je n'avais pas répondu. Sans doute savait-il que je me rappellerais cette permission délivrée in extremis. De cette soirée, je n'ai d'ailleurs rien oublié, devinant peut-être qu'il n'y en aurait pas d'autre. Je me souviens du menu, assez copieux pour que mon père enchaîne ses deux premiers jours sans. Mais il n'avait aucun regret. « Pour un dîner avec mon fils… »

Le service de cet hôtel est très lent. Le serveur finit tout de même par réapparaître. Il a l'air épuisé. Il fait vraiment très vieux. En posant mon Pimm's avec une précaution extrême, il me chuchote :

— Vous êtes dans un lieu historique.

J'écarquille les yeux.

— Ici, en 1945, Boris Vian venait s'essouffler sur sa trompette en compagnie de quelques jeunes amis. Juliette Gréco, le Tabou.

— C'était ici ?

— Dans la cave, juste sous vos pieds, vous ne sentez rien ?

Peut-être a-t-il connu cette époque.

— Avant la guerre, c'était un bar d'ouvriers.

— Et encore avant ?

— Le couvent des Grands Augustins. Derrière ce mur, il reste une rampe d'escalier qui mène aux chambres.

Jusqu'où est-il capable de remonter ?

— Et avant ?

Il s'est redressé et lève les yeux au plafond :

— Un lupanar romain, mais on n'en est pas certain.

Il n'en a pas fini et il me désigne l'autre côté de la cheminée où le feu flambe aussi. En me penchant, j'aperçois un homme qui répond à voix basse à des questions.

— Un très grand auteur de romans policiers.

Les flammes dansent sur un crâne chauve et immense. Sa tête me dit quelque chose. Je me retourne pour demander son nom au serveur, mais il a disparu.

J'imagine mon père avec son ami Werner Stoglitz. Si j'en crois la photo, ils avaient leurs habitudes dans cet hôtel. S'il m'avait invité ici pour dîner, était-ce en souvenir de leurs rendez-vous ? Que trafiquaient-ils ensemble ?

Un second Pimm's m'a enivré et je salue avec une certaine familiarité le grand auteur de polars qui s'est extirpé de son fauteuil.

Il m'ignore et s'éloigne au ralenti. Ou bien est-ce moi qui pense lentement ? Je me décide à le rattraper, mais il est trop tard : dans la rue, quelques piétons me bousculent. Je reviens vers la réception.

— Le géant au crâne chauve serait-il remonté dans sa chambre ?

— Auriez-vous un nom à me donner ? me répond l'employé avant de replonger le nez dans son registre.

Il ne me reste plus qu'à rentrer.

En arrivant devant chez moi, je repense au rendez-vous que mon père m'avait fixé ce soir-là en bas de l'appartement. Il l'avait choisi et avait décidé de tout, les radiateurs, les salles de bains, les fenêtres, comme s'il allait y habiter. Les travaux devaient durer deux ans, mais il se sentait mieux et suivait l'avancée de ce chantier qui était devenu notre « Trou des Halles ». Pour construire un étage, il fallait trois mois. Ils n'en étaient qu'au premier, l'appartement, prévu au quatrième, ne serait donc prêt que dans neuf mois. « Le temps d'une grossesse », avait dit mon père en levant la tête vers la façade où l'on n'apercevait encore que le ciel. Puis il avait cherché un escalier, mais tout était barricadé.

— Prends-moi.

Pour une fois, il avait envie d'être sur la photo. Je lui avais demandé d'enlever sa casquette en tweed marron que je trouvais très laide. Il m'avait obéi et j'avais cadré sur son visage. Son front semblait avoir rétréci.

— Tu as bien l'immeuble derrière ? C'est le plus important.

Un passant s'était arrêté, étonné qu'on choisisse un tel endroit.

— Nous avons un faible pour les chantiers, voilà tout, l'avait rembarré mon père, qui avait repris la pose en s'efforçant de faire bonne figure.

J'habite aujourd'hui ce quatrième étage où il n'est jamais monté et depuis que j'ai reçu ses photos, je crois parfois l'apercevoir en bas, seul au coin de la rue, attendant peut-être que je descende le chercher.

11

J'ai retrouvé Werner Stoglitz en quelques clics. Numéro de téléphone et adresse à Berlin-Est : il n'a pas essayé de disparaître. Sur le réseau allemand, j'ai aussi repéré son nom dans le compte-rendu d'un procès d'ex-dirigeants de la Stasi.

La poste était un rouage essentiel de la Stasi. Stoglitz a visiblement été leur spécialiste du tri. Il dirigeait des employés fantômes, logés dans des baraques séparées : les postiers ignoraient leur présence. Ce gang d'Etat, équipé d'instruments à vapeur et de solutions chimiques, passait les colis au peigne fin. Les missives suspectes atterrissaient sur le bureau de Stoglitz, qui décidait s'il fallait les confisquer ou simplement les photocopier. Il pillait aussi les colis sur ordre d'un gouvernement, qui était en manque de fonds. A l'époque, les habitants de RDA recevaient des cadeaux de leurs cousins de l'Ouest : argent liquide, bijoux, objets de valeur. Toutes ces jolies choses finissaient dans les coffres des ministères ou sur les rayons des magasins réservés aux officiers de la Stasi. Mais Stoglitz s'est mis à piquer dans la caisse et à écouler des bijoux pour des clients ouest-allemands. En 1982, il a été pris la main dans le sac. Ses relations privilégiées avec Erich Mielke, le tout-puissant patron de la Stasi, lui ont sauvé la mise et il s'en est sorti avec une mutation à l'ambassade de RDA à Paris. C'est à cette époque sans doute qu'il a fait la connaissance de mon père. Le procès-verbal explique qu'il a poursuivi chez nous ses petits trafics en revendant aux bijouteries parisiennes. Mais cette fois, Berlin-Est avait donné son accord, on lui expédiait même la marchandise, à charge pour lui de reverser les devises. Après la chute du Mur, les plaintes pour vol et recel, venues de la RFA, se sont multipliées. Stoglitz a été déchu de ses droits civiques, mais on a tenu compte de son âge et il a échappé à la prison.

Ce qui me gêne dans ce procès-verbal, c'est que mon père ne s'est jamais intéressé aux bijoux. Quelques babioles pour maman, rien de plus. Si ce n'est pas les bijoux, de quoi s'agit-il ? Stoglitz a-t-il été ce qu'on appelle un officier traitant ?

Mon père a pourtant toujours été un grand bouffeur de cocos. Il s'engueulait sec avec Grand-Père qui voyait rouge dès que son gendre l'attaquait sur Moscou. Il y allait fort mais le 10 mai 1981, les gauchistes avaient braillé fort aussi sous notre balcon. Ils voulaient nous faire payer. Quoi, je ne me souviens pas. Mais Grand-Père nous avait expliqué que Saint-Cloud n'était qu'un repaire de bourgeois, un bastion de l'ennemi de classe. Mon père avait pris la mouche.

— Moi, un bourgeois ? Si vous saviez d'où je viens !

C'était bien là le problème. Personne ne savait. S'il avait un peu moins donné dans la cachotterie. Quelques repas de famille avaient tourné court.

— Puisque c'est comme ça…

Mon père se retirait, malaimé, injustement calomnié. Je poursuivais le repas, honteux de ne pas l'avoir suivi. J'avais du mal à choisir mon camp. Mais il ne m'avait rien demandé.

Après le 10 mai, il y a vraiment eu du grabuge. La gauche à l'Elysée, les « cocos » au gouvernement. A quand les chars russes à Saint-Cloud ? J'avais mon mur de Berlin à domicile. Leur guerre froide dura deux ans. Grand-Père habitait juste au-dessus de son cabinet, mais ils se frôlaient, fâchés à mort, superbes d'indifférence. Quand j'allais avec l'un et que je croisais l'autre, j'étais pris entre deux feux, perdu dans un no man's land idéologique. Maman ne disait rien, tragique, admirable de sacrifice, ne sachant plus s'il fallait être une fille ou une épouse. Et puis un jour, mon père est monté chez Grand-Père et a repris la conversation comme si de rien n'était. Le mur est tombé sans prévenir comme plus tard à Berlin. J'apprendrai qu'il n'y avait pas que la politique. Ils en avaient gros sur la patate, un wagon de contentieux, qui venaient de loin, quand je n'étais pas né. Mon père lui avait caché son divorce, son premier fils… Encore des secrets.

Mais pourquoi alors nous avoir infligé tous ces voyages derrière le Mur ? Toute mon enfance, j'ai eu droit à un abonnement pacte de Varsovie. L'Europe de l'Est en direct, à discrétion. Pendant que mes copains se faisaient bronzer, j'ai découvert Budapest en 1975, Berlin-Est en 1977, Cracovie en 1978, Prague en 1979, Sofia en 1980. Il en voyait de beaux pays, le fils de bourgeois. Mon père ne nous refusait rien. De luxueux campings municipaux, les joies du collectivisme, cent pommeaux de douche d'un seul coup. J'ai fait connaissance avec l'*Homo sovieticus* et ses clones. Des types à poil, pommes d'Adam proéminentes, m'aboyaient dessus dans des langues barbares, pendant qu'il m'encourageait, amusé, à nouer le dialogue. J'étais de la graine de capitaliste, du jamais vu. Des yeux globuleux me reluquaient, on me reniflait étonné. Je ne sentais pas pareil, je n'avais pas la même peau. La leur était blanche cachet d'aspirine, on leur avait aussi confisqué le soleil. Je me suis fait des amis très livides, comme ce Vopo armé jusqu'aux dents à Berlin-Est. C'était mon anniversaire et mes cadeaux avaient été entassés dans le coffre. Le gentil policier me les a fait déballer sur le bitume, sous la menace de sa mitraillette. Il cherchait peut-être des microfilms. Il n'a trouvé que des habits de Zorro, un flacon de sent-bon, un livre sur Henri IV, que j'ai découverts en éclatant en sanglots. L'ami Vopo avait fait pleurer un petit capitaliste, il n'avait pas perdu sa journée. Mon père s'est tourné vers moi. De quoi je me plaignais, j'avais eu mes cadeaux avant l'heure, et puis, j'aurais pu être emmené dans un camp. Il savait parler aux enfants.

Je me souviens d'un autre ami. Celui-là était tchèque et on s'était rencontré sur une aire d'autoroute, où je faisais pipi, à la lisière d'un bois. Il n'avait pas de mitraillette, mais un petit appareil photo enroulé autour de son poignet. Clic-clac. Du coup, l'envie m'est passée et il est reparti s'asseoir dans une voiture garée derrière nous. J'ai montré à mon père cet homme intéressé par ma petite commission, mais il m'a expliqué que de ce côté-là, ils s'occupaient aussi des enfants. Je pouvais donc m'estimer heureux.

J'en ai déduit que les cocos devaient être ou des pervers ou des pédophiles à qui mon père voulait me livrer, comme au camping de Szeged, où j'avais décroché avec mon ballon l'étoile rouge que j'avais prise pour cible d'entraînement. J'étais peut-être doué, mais le cerbère du coin, qui se fichait de mes talents, m'avait traîné jusqu'à la section locale du parti où mon père avait fini par arriver furieux. J'ai regardé les cocos d'un air navré : qu'est-ce qu'ils allaient prendre ! Mais c'est moi qui me suis fait engueuler : bien fait pour moi, il allait me laisser en pension jusqu'à la fin des vacances, comme ça, j'apprendrais un peu de hongrois. J'avais foncé vers lui et, accroché à sa jambe, commencé à pleurer. Il y avait eu des rires magyars. Il ne parlait pas leur langue, mais il avait ri avec eux. J'avais serré plus fort et il s'était laissé attendrir. Mais mon ballon avait été confisqué, sacrifié sur l'autel du communisme.

Pour justifier ces séjours en terre rouge, mon père faisait valoir qu'on ne croisait que très peu de Français et que les démocraties populaires ne coûtaient pas cher. Evidemment, dans leurs magasins, on avait toujours l'impression d'arriver après un braquage. Je partais splendide et rayonnant, je revenais maigrichon et anémique. Il fallait dare-dare me regonfler au bifteck, avant de m'expédier à Maulu, où je me bâfrais de cerises et de framboises. Toutes ces pénuries lui rappelaient la guerre, ses queues, ses « plus d'œufs pour aujourd'hui » et ses tickets J, A et autres lettres de l'alphabet. Ce devait être sa façon de nous faire partager son enfance. Maman tentait d'adoucir notre disette et intercédait pour un restaurant en dollars, où l'on mangeait entre nous. Pas grand-chose, mais le personnel avait l'air civilisé. Avec les assiettes, cela tournait même au ballet : pas de deux, main derrière le dos et cloche enlevée en cadence. Versailles ou le capitalisme, pour eux, c'était la même sauce.

Nous étions les rois de l'ancien régime, grands seigneurs débarqués d'un passé décadent... Ancien régime ou pas, j'avais faim.

Mon père avait aussi un faible pour le patrimoine. Les rouges n'avaient rien reconstruit après la guerre et la vieille Europe riante nous tendait les bras, avec ses murs croulants qui suintaient. On butait sur des tas de charbon, l'air sentait la lignite, on s'en mettait plein les narines. Question patrimoine, j'admirais des cheminées, qui crachaient des jus noirs. Mais lui croyait revoir le Lyon de son enfance et il souriait au sale, au sinistre. On faisait les cimetières juifs où je slalomais entre les pierres enchevêtrées. J'étais rappelé à l'ordre et il me faisait poser avec des mines de circonstance. A Prague, Estelle avait refusé de se pousser, je m'étais égratigné la jambe contre une tombe.

Peut-être cherchait-il à nous faire la leçon, à nous montrer très tôt que le monde, ça n'était pas drôle du tout, et il commençait par des stages de rééducation dans l'enfer communiste. Nous n'avons jamais reparlé de ce choix de pays soi-disant détestés. Il débinait ces contrées totalitaires, mais peut-être était-ce des pays frères. Et son anticommunisme primaire, de la poudre aux yeux.

Pour être « traité », il faut avoir quelque chose à vendre. Il est vrai qu'il ne soignait pas n'importe qui. Grand-père aurait aimé qu'il s'occupe du petit peuple, mais il recrutait sa clientèle chez Dassault, Saint-Gobain, Bull ou Framatome. Des intelligences bien informées, des gens qui avaient de la conversation. Des généraux lui confiaient aussi leurs bouches. Il aimait à dire que les confidences, on ne les faisait pas que sur un oreiller. Avant de se faire charcuter, ces gens sensibles remuaient les mâchoires. Il rentrait tard à la maison et Maman pestait contre son bavardage, qui compromettait son dîner. Il n'y a pas que les dents dans la vie, lui répondait-il.

Si ses patients s'étaient méfiés, ils auraient découvert qu'il était abonné à *Informations et Documents*, une revue consacrée aux Etats-Unis et financée en sous-main par la CIA. Je connais le fils du journaliste qui la dirigeait dans les années 60 et lorsque je l'ai appelé, il a voulu savoir si j'avais des problèmes de sommeil. Dans ce cas-là, il me la conseillait. Apprenant que mon père la lisait, il m'a demandé s'il faisait dans l'espionnage.

Je n'ai rien su répondre.

Parmi ses relations, il comptait aussi l'homme du FBI à Paris, un autre de ses patients, qui l'invitait parfois chez lui. Lorsque Marc, le premier fils de mon père, a fait une fugue sur le territoire américain, cet homme l'avait localisé en vingt-quatre heures. Mon père avait été aussi invité à Washington pour les festivités du parti républicain célébrant la réélection de Nixon en 1972. Il en avait rapporté des dizaines de pin's à la gloire du Président, que j'avais retrouvés, éparpillés dans l'appartement. Mon père, à première vue, était donc un admirateur déclaré de la puissance américaine doublé d'un anticommuniste convaincu. Un homme au-dessus de tout soupçon, un interlocuteur de confiance qui avait choisi le bon camp. Alors, entre deux dents de sagesse…

Voici les éléments que j'ai pu réunir sur le sujet. Je regarde les photos qui restent, mais aucune ne semble renvoyer à Stoglitz et au communisme. Plus je récapitule, moins j'y vois clair.

12

Je commence en allemand, mais Stoglitz me répond en français. Il s'exprime sans hésitation, lentement. J'ai sa photo sous les yeux.

— Encore des poursuites ?

Non, ce n'est pas une histoire de bijoux. Le nom de mon père ne semble au début rien lui dire. Puis je mentionne l'hôtel d'Aubusson et notre brève rencontre en 1987. Je l'entends soupirer. Je suis donc le fils du docteur Rolin. Il se souvient de moi, de mon air embarrassé lorsque j'étais tombé sur eux, et de mon petit mensonge, si mignon, qui n'avait trompé personne.

— En tout cas, pas moi, qui suis un spécialiste. Votre père n'était pas certain, il était prêt à vous croire. Je lui ai fait comprendre qu'il devait se méfier. Vous ne m'en voulez pas ?

Cela m'est égal.

— Que faisiez-vous ensemble ?

Stoglitz prend le temps de se moucher, puis réplique par une autre question :

— A votre avis ? Il ne vous a rien dit ?

Quand je lui apprends la mort de mon père il y a huit ans, il s'étonne qu'il m'ait fallu si longtemps pour le contacter.

— Il y a aussi votre photo.

— Je suis flatté. A votre avis, que faisions-nous ? me redemande-t-il.

La réponse me semble évidente… Il m'écoute sans m'interrompre, puis reprend la parole à la fin de mon petit exposé.

— Votre père vous a-t-il raconté les circonstances de notre rencontre ?

J'imagine qu'il s'était renseigné sur lui, que pour tâter le terrain, il avait pris un premier rendez-vous à son cabinet. Stoglitz ne dément pas. Il ajoute qu'il avait longtemps hésité avant d'effectuer cette démarche.

— Quels renseignements vous a-t-il transmis ?

Il n'en a plus le moindre souvenir. C'est si loin maintenant. Pourquoi remuer le passé ? Il n'a pas oublié par contre ce charmant hôtel d'Aubusson où ils se retrouvaient le vendredi après-midi, près d'un feu de cheminée.

— Il existe toujours ?

Je le rassure.

— Mais pourquoi mon père aurait-il trahi ?

Je sais qu'il n'aimait pas son pays. En 98, pendant la Coupe du monde, il avait soutenu le Paraguay, l'Italie, la Croatie, le Brésil, qui avaient joué contre la France. A table, tout y passait : les hommes politiques français, l'économie, les syndicats, l'éducation, l'Histoire, les Français, qui sont des veaux, c'est de Gaulle qui l'avait dit. Seule sa ville de Lyon trouvait grâce à ses yeux. Mais cela ne suffit pas pour trahir.

— Bonne question. La seule digne d'intérêt. Le mensonge fait partie de notre nature. Un homme a besoin de reconnaissance, il veut qu'on l'écoute. Donnez-lui votre oreille, il vous donnera le reste.

Puis il me répète que tout ceci n'a plus beaucoup d'intérêt. Ils n'avaient été que des pions dans un combat finalement perdu. Tout en écoutant sa voix fatiguée, je regarde sa photo. Un visage encore jeune. J'ai l'impression d'avoir affaire à un autre.

— Si vous voulez me reparler de votre père, je serai toujours disponible. En souvenir du bon vieux temps.

Une manière courtoise, mais ferme, de mettre fin à notre conversation.

13

Je n'arrive pas à passer à une autre photo. Il ne m'en reste plus que trois. Ce n'est donc pas fini, il y a autre chose. Je tente de recoller les morceaux, de trouver des indices qui me permettraient de confondre mon père. Si au moins, il avait accusé le coup quand le Mur est tombé. Mais il m'avait encouragé à partir là-bas. Un moment historique, tu n'en vivras pas beaucoup. L'Histoire, pour vous, c'est fini.

En me donnant la photo de cet Allemand, il espérait sans doute que je le retrouve. J'essaie de l'imaginer là-dedans. Il avait peur qu'on le suive. Il redoutait toujours le pire, faisait le vide autour de lui. Des phrases me reviennent, qu'il lâchait en plaisantant. *Je ferais un excellent espion.* Une façon de se vanter ? Ou bien alors : *Il aurait fait un mauvais espion.* Il parlait d'un patient aux mèches colorées *trop facilement repérable.* Alors que lui… Quand on est enfant, on en rêve. On frime auprès des petits copains, vous savez quoi, mon papa, il est espion.

J'essaie de ne plus y penser. Je suis à Maulu, assis sur le banc où il donnait le coup de grâce à nos moutons. Je lui prêtais main-forte, devenu son garçon boucher. Il était fatigué de passer la tondeuse et il avait fait venir quatre estomacs sur pattes. On était en 1980. Dix ans après l'achat de la petite ferme, le temps des pionniers avait connu un épisode ovin. Notre crèche géante enregistra des naissances attendrissantes, des bêlements à fendre l'âme. Mais mon père n'avait pas prévu que l'herbe viendrait à manquer, il fallait dégraisser. Tibère, le gros bélier, n'arrêtait pas de bâfrer, on allait en faire des gigots. Maman et Estelle poussèrent les hauts cris, mais il sortit un long couteau. Tibère pesait dans les cent kilos et sans mon aide, il n'aurait jamais réussi à le hisser sur le banc de pierre. Tibère gueulait et n'avait plus du tout une tête de Tibère. Après lui, il y avait eu Auguste, Néron, Claude, César, Caligula… Pourquoi tous ces noms d'empereur romain ?

De ce banc, il ne reste plus qu'un bout. Un an après la mort de mon père, un gros morceau est tombé, fendu par le gel, mais il est encore assez long pour qu'on puisse s'y asseoir. L'équilibre est un peu précaire, il vacille sur son socle. Je tenais la bête et je serrais ses pattes de derrière en priant pour que la mort vienne le plus vite possible. Mais nos moutons avaient la vie dure.

J'aperçois Maman accroupie dans le jardin, qui désherbe d'arrache-pied. L'herbe est devenue le mal absolu, tout doit disparaître. Mon père, lui, s'en fichait, sa priorité, c'était le rendement, la grosseur de la patate, la lourdeur de la grappe, le nombre de cageots. Il accumulait, en prévision d'un siège ou de la guerre.

Pour les photos, elle ne s'est autorisée aucune question. Leur long compagnonnage a laissé des traces. Je la regarde s'éreinter, assis comme un petit vieux. Elle me demande juste de couper et j'ai donc remplacé mon père dans le rôle du sécateur et de la scie. Je suis le nouvel ennemi de la nature, le nettoyeur en chef. Il avait raison, la vie, ce n'est qu'invasions et chaos. On tourne le dos et la nature devient folle. Alors, je déboule et je tranche.

Ma nuque est raide, mes épaules me font mal : j'ai taillé les arbres fruitiers. Pour les branches les plus hautes, j'ai repris un système inventé par mon père : une longue tige coiffée d'un sécateur. Infatigable, Maman continue à travailler les plates-bandes. Du moment que c'est bien dur et qu'elle peut oublier. Pour ma part, je paresse sur le banc. Léa passe son temps à dormir, enchaînant les sommeils avec une régularité admirable. Depuis qu'il n'est plus là, il y a du relâchement.

Maman revient vers moi, tirant une brouette remplie d'herbe. Sur son T-shirt, des poireaux multipliés par des carottes qui donnent une marmite. Elle a le dos qui se voûte, le genou qui faiblit. Je baisse la tête. Espion, l'hypothèse serait-elle envisageable ? Je lui fais une petite place sur le banc. A nous deux, il s'équilibre :

— Le paquet ?

— Le paquet. Mais rien de sûr. C'est moi peut-être qui divague.

— Il avait ses secrets. Pour son divorce, je n'ai su qu'au moment de notre mariage. Son premier fils, j'en ai appris l'existence par hasard, en les rencontrant dans la rue.

— Et le vendredi après-midi ?

— Je ne lui posais jamais de questions. Il revenait toujours avec des tas de choses à manger.

— Et nos vacances dans les pays de l'Est ?

— Il a toujours été très curieux. Il n'aimait pas beaucoup la France ni les Français. Là au moins, il n'y en avait pas.

— Tu penses qu'il aurait pu trahir la France ?

— Je ne crois pas. C'était autre chose. Quoi, je l'ignore. Il avait des absences. Une manière de regarder dans le vide, de ne plus être là. J'avais l'impression de vivre avec un inconnu, mais c'est banal. Sur le moment, je ne m'en suis pas rendu compte, tout allait trop vite, vous étiez là, il y avait le travail, Maulu, les amis. Maintenant que j'ai le temps…

— Tu te souviens des cadeaux que je lui faisais parfois ?

— Non.

— Il me remettait un paquet en me demandant de le lui donner. Lui seul savait ce qu'il y avait dedans.

— Il avait toujours peur qu'on ne lui offre rien.

Nous restons silencieux. La pause est finie. Maman reprend la brouette qu'elle part vider de l'autre côté de la route. Elle ne m'a pas beaucoup aidé. Me revoilà seul sur cette dalle de pierre, où nos moutons ont rendu l'âme. Un jour, en plein sacrifice, mon père m'avait parlé des appelés de la guerre d'Algérie rapatriés à l'Ecole de Santé Militaire où il faisait ses études. Il autopsiait, rafistolait. Il ne m'avait fait grâce d'aucun détail. Quand le mouton cessait de gigoter, on lui faisait la peau. Elle fumait, elle était gélatineuse, il m'avait montré comment glisser le poing sous la laine. On suspendait ensuite la carcasse à une poutre. Le crochet est toujours là, derrière moi : une araignée y a tissé sa toile. Puis j'allais chercher la brouette où les boyaux verdâtres se déversaient en libérant un nuage de fumée. J'avais envie de vomir. Maman et Estelle restaient à l'écart, la mort était une affaire d'hommes, mais Estelle avait dû immortaliser nos débuts dans la boucherie. Je tenais l'oreille gauche de Tibère, il brandissait les testicules et le couteau encore rouge de sang. Estelle avait bougé, l'image était floue.

Quand un garçon à l'école m'avait demandé si je faisais des choses avec mon père, je lui avais répondu qu'on tuait des moutons. Il est boucher ? J'avais secoué la tête, il m'avait regardé bizarrement. J'aurais pu ajouter que nous prenions aussi des bains post-Maulu. J'entrais le premier, puis il arrivait en faisant monter le niveau de l'eau, histoire de m'apprendre le principe d'Archimède. Nos genoux imbriqués formaient un attelage un peu étrange et nous patientions sans parler, le temps que l'eau brûlante s'évacue. J'étais toujours du côté du robinet et quand le niveau avait baissé, il faisait couler de l'eau glacée qui me dégringolait sur le dos : « Comme ça, quand tu seras prisonnier des Russes et qu'ils te feront le coup de la baignoire… »

Ce n'était peut-être qu'une boutade, une blague de carabin qui avait connu la guerre d'Algérie. Pourquoi l'idée des Russes, là, à ce moment ? Je revois son visage. Etait-il beau ou laid ? Je ne sais pas. C'était un visage dur et fermé de statue, que j'effleurais du bout des lèvres, sans jamais le toucher. Mais les pères ne sont pas faits pour qu'on les touche.

On peut avoir tellement de raisons de trahir : vengeance, humiliation, déception, ennui, solitude, goût du risque, de la dissimulation… Stoglitz m'a laissé parler. Le pourquoi, seule question digne d'intérêt, m'a-t-il dit en se gardant bien de préciser. S'il n'y a pas de réponse au pourquoi… Une chose est certaine, ils se sont connus. Mais il se peut que tout soit faux. Mon père n'était peut-être qu'un homme bizarre.

Je quitte le banc et je me dirige vers le ginkgo, le dernier arbre que nous avons planté ensemble.

— Le plus vieil arbre du monde, m'avait-il dit. Il existait déjà il y a 300 millions d'années, à l'époque des dinosaures.

J'ai cru qu'il exagérait, mais il y avait autre chose.

— A Hiroshima, c'est le premier arbre qui a repoussé après la bombe. Il résiste à tout. En Asie, c'est un symbole de félicité, de vitalité.

J'ai creusé le trou, mais je lui ai laissé faire le reste. La tige mesurait moins d'un mètre. Aujourd'hui, il fait trois fois ma taille. Le trou rebouché, je me souviens qu'il avait ajouté :

— Certains vivent jusqu'à mille ans.

14

Photo n° 4

Bombardement de Lyon, 26 mai 1944

Un gros nœud blanc est noué autour de son épaule. Le ruban pend le long de son bras. « On dirait qu'il a reçu son bras en cadeau, s'exclame Léa à qui j'ai montré la photo. Il ressemble à ces enfants malades à qui l'on fait prendre l'air. » C'est vrai qu'il n'a pas l'air en forme. Il est en revanche très bien habillé, comme je ne l'ai jamais été. Il porte aussi des gants blancs et sa main gauche serre contre sa cuisse un livre de messe. Un mouchoir blanc dépasse de la poche de son blazer soigneusement boutonné. Ses souliers brillent et il pose fièrement sur une place plantée d'arbres dont le feuillage est troué par le soleil. Il fronce les sourcils.

« Tous les Lyonnais s'en souviennent, écrit-il au début de la lettre jointe à la photo, ce jour-là, vendredi 26 mai, il faisait très beau. Et les avions aussi, dans le ciel, étaient magnifiques. Quand je parlais de ce bombardement, tu te souviens peut-être que je mentionnais le beau temps. En voici la preuve avec cette image. »

Ce jour-là, il devait faire sa première communion à l'église Saint-Vincent-de-Paul. Mais il ne la fera pas, car l'église est située à deux pas de la gare de triage de la Mouche, près de la gare de Perrache, une des cibles du bombardement. Les Américains la loupent largement et le quartier du Grand Trou, où se trouve l'église, se met à ressembler à son nom. La cérémonie est annulée.

Au moment de la photo, les avions américains ne sont pas encore là. Mon père ne songe sans doute qu'à accomplir son devoir de petit catholique. De sa main libre, il tient sa sœur, qui lève la jambe droite, comme si elle jouait à la marelle. Léa s'attendrit. « Tu as vu, elle détourne le regard, il n'y a que sa poupée qui nous regarde. » Elle n'a pas eu droit aux mêmes habits de fête et se console avec une poupée usée. Léa me désigne le quai où l'on aperçoit au loin une dizaine de silhouettes : un petit garçon est juché sur un vélo. Son doigt se pose sur les boutiques et les enseignes en lettres majuscules, LAINE, CASINO. Puis elle part avec l'image et me laisse seul avec la lettre qui l'accompagne.

« La cérémonie est prévue à midi, mais je suis impatient d'arriver à l'église. Il est un peu plus de dix heures et demie. Un tapis de bombes touche l'avenue Berthelot qui est sur notre trajet. Je tire ma petite sœur et je la force à courir même si j'ai mal aux pieds. Les chaussures que ma mère m'a achetées pour ma première communion sont trop petites. On se dirige vers le nord, car les avions ont l'air de viser la voie ferrée, qui est plus au sud. De l'autre côté de la place Jules-Guesde, un grand type en caleçon nous fait signe de le suivre. Il connaît un abri dans la rue Sébastien-Gryphe, au nº 141. On se retrouve parmi des inconnus. Des bébés hurlent, des vieillards grognent, quelques femmes poussent des cris stridents, et au milieu de cette confusion, il y a ce garçon presque tout nu. Il est très calme, alors qu'une bombe vient de tomber sur sa maison quand il était en train de se laver. Il secoue ses cheveux, pleins de poussière, ce qui fait rire ma sœur. Il veut jouer avec sa poupée, mais elle grince des dents. Je lui demande son nom. Il me désigne un Allemand qui a trouvé refuge avec une Française, une blonde qui sent le parfum. Ils sont descendus avec un phonographe et un revolver. L'Allemand insulte les Américains qui détruisent notre belle ville de Lyon. Tout le monde le regarde, mais personne n'ose rien dire. « Jamais les Allemands ne bombarderont Lyon », poursuit-il. Il a peut-être bu. La Française essaie de le faire taire en proposant de mettre le disque qu'ils ont emporté avec le phono. On l'écoute en silence, c'est un succès de l'époque, je ne me souviens plus du titre. Les bébés arrêtent de brailler, seules les explosions perturbent la chanson. J'ai envie d'enlever mes chaussures, mais le jeune homme me conseille de les garder : on ne sait jamais, je peux avoir à m'enfuir. Un martèlement vient nous secouer. Personne ne bouge. Finalement, le jeune homme va ouvrir : une femme entre dans l'abri, elle vient de la place Jean-Macé. Ses jambes saignent, je mets ma main sur les yeux de ma sœur, elle croit que c'est un jeu. La femme commence à raconter : une tranchée avait été creusée au milieu de la place, des dizaines de personnes y étaient déjà entassées, mais au moment où elle allait s'y réfugier, une bombe leur est tombée dessus. Elle a un début de crise de nerfs. Un vieil homme essaie de la calmer. Je pense à ma mère et à mon grand-père, qui devaient partir vers onze heures. Un des vieillards porte une montre : il est 11 h 05. Une sirène sonne la fin de l'alerte, on commence à sortir.

« Une autre sirène retentit. Le garçon revient en sprintant, on retourne dans l'abri. Les vieillards n'ont pas bougé, mais l'Allemand et sa poule ont disparu. Le garçon me raconte qu'il est arrivé de Chambéry la veille au soir. Trois jours plus tôt, il dormait dans un train, lorsqu'on lui a demandé comment il s'appelait. Il était mal réveillé, il a donné son vrai nom, qui n'était pas celui indiqué sur ses papiers. En plus, il fait du renseignement. C'est la première fois que je parle avec un résistant. Je lui redemande son nom. « Georges », me répond-il avec un clin d'œil. A la gare de Chambéry, les Allemands l'avaient enchaîné à un radiateur, mais un cheminot lui a glissé à l'oreille qu'il valait mieux qu'il s'évade maintenant. Un coup sec et il s'est dégagé. Les Allemands ont tiré, mais il avait déjà filé. Son récit m'a fait oublier le bombardement.

« Il est d'ailleurs fini. La sirène de fin d'alerte retentit à nouveau. La montre du vieillard qui s'est endormi indique onze heures et demie. Je demande à « Georges » de me raconter encore, mais il a rendez-vous, il faut qu'il rentre s'habiller. Je lui propose de passer à la maison, grand-père lui prêtera des vêtements. Mais il ne veut pas nous faire courir de risques. Je suis déçu. En fait, j'ai peur de rentrer seul. Il pose la main sur mon épaule et me promet de revenir quand la guerre sera finie. Il me demande mon nom, mon adresse. Je lui réponds. « Tu es sûr que c'est ton vrai nom ? » Il n'est jamais venu. Il est peut-être mort très vite, avant la fin de la guerre.

« Plus question d'aller à l'église. Un tramway sur l'avenue Berthelot a été pulvérisé avec sa remorque. Un peu plus loin, les bâtiments à l'entrée de l'Ecole de Santé Militaire ont été détruits. Impossible d'approcher : les Allemands ont tout bloqué avec des chevaux de frise. J'entends des cris. Par une rue perpendiculaire, je vois sortir une colonne de prisonniers qui avance en trébuchant avant de disparaître. J'ignorais bien sûr qu'on torturait dans les sous-sols. Je n'ai jamais oublié ces blessés, j'aurais voulu les aider. Ma vocation de médecin vient peut-être de là.

« Mes chaussures me font toujours mal. Cette fois, c'est ma sœur qui marche plus vite. Elle a envie de faire pipi et serre sa poupée qu'elle n'a pas lâchée. Le pont Gallieni a été endommagé, mais on peut quand même traverser le Rhône. Un convoi allemand, avec des fourgons cellulaires, passe en trombe en direction de l'Ecole de Santé Militaire. Ma sœur ne se rend compte de rien, elle parle à sa poupée. Quand on arrive à la maison, ma mère nous étouffe de baisers. C'est la première fois qu'elle m'embrasse depuis le début de la guerre. Ses baisers sont mouillés de larmes. Le sol aussi est mouillé, ma sœur n'a pu se retenir. Ma mère devrait la gronder, mais elle la serre en pleurant. Je me dégage pour enlever mes souliers, couverts de poussière. Mon nœud est fichu, j'ai perdu mon mouchoir blanc et un de mes gants est déchiré. Mais mon grand-père est fier de moi, j'ai ramené ma sœur, comme un officier qui a su revenir avec ses hommes. Je mériterais une médaille. Je repense à ces prisonniers surgis des décombres. Où sont-ils à présent ? Mon père passe plus tard pour vérifier que tout va bien, cela fait un mois que je ne l'ai pas vu. Grâce au bombardement, la famille est au grand complet, pour la dernière fois comme tu sais. »

J'interromps ma lecture. Après notre dernier voyage à Lyon, mon père m'avait envoyé à Florence une lettre assez brève que j'ai conservée. Voici ce qu'elle disait :

« Je t'ai parfois raconté le bombardement de Lyon dont je suis sorti vivant dans des circonstances sur lesquelles un jour peut-être, je reviendrai. J'allais faire ma première communion et j'ai pu ramener à la maison ma petite sœur. Mais un mois plus tard, des miliciens ont surgi dans la maison de campagne de mes parents, près de Lyon. Ils avaient laissé ma sœur là-bas, loin des bombardements. Des Juifs la gardaient, une famille hongroise que mes parents cachaient. Avec l'été et le beau temps, ils ont pris des risques. A l'époque, un Juif se monnayait entre 4 000 et 5 000 francs. C'était juste après l'assassinat de leur porte-parole, Philippe Henriot, les miliciens étaient furieux et mal renseignés. Juifs ou pas juifs, ils ont embarqué tout le monde. »

Il s'en tenait aux faits. Ce drame avait évidemment pesé sur sa vie et j'aurais dû sans doute m'étonner de son silence. Mais il m'avait confié la chose par écrit et nous n'en avions plus reparlé.

Je reprends la lettre sur le bombardement : « Ma sœur et ta sœur portent le même prénom. Même ta mère l'ignorait, mais il a fallu qu'Estelle l'apprenne en fouillant dans mes affaires. Elle avait toujours été persuadée que je lui cachais des choses. Un soir, elle m'a fait boire : et alors, papa, c'est vrai que tu n'aimais pas ta mère… Elle m'appelait papa. J'ai toujours assez bien tenu l'alcool. C'était comment la guerre, toi aussi, tu as dû apprendre Maréchal, nous voilà ? Je me suis mis à chanter comme un ivrogne, elle m'a supplié d'arrêter. Elle a aussi interrogé ta mère. Puis elle a mis la main sur mon cahier où j'avais rédigé quelques lignes sur ma sœur en mentionnant son prénom. Un jour, elle a déboulé dans ma chambre, alors que j'étais couché. Elle tournait autour du lit en me traitant de salaud. Et que je ne lui reproche pas d'avoir fouillé. J'ai eu droit à un laïus sur la symbolique des noms, sur le silence qui tue… Et mon silence, qu'en savait-elle ? lui ai-je répondu très calmement. Elle est sortie de la chambre et nous n'avons plus jamais évoqué le sujet. Juste avant son mariage, elle a voulu changer de prénom. Je l'ai su par un employé de l'état civil qui m'a contacté pour un complément de renseignements : j'ai tout fait échouer. Lorsque je l'ai conduite à l'autel, elle murmurait : “Je ne m'appelle pas Estelle, je ne m'appelle pas Estelle…”

« Nous voilà loin du bombardement de Lyon, mais une chose en entraîne une autre.

Tu te demandes peut-être si c'est ce que j'ai voulu te faire découvrir. S'il ne s'agissait que du prénom d'Estelle, tu n'aurais aucun mérite. Pour aller au bout, il va falloir te creuser les méninges. »

Sur cette photo, ma tante n'était jusque-là qu'un personnage secondaire, une petite fille anonyme dont la mort lointaine n'avait jamais fait partie de notre histoire. Et voilà que j'apprends que ma sœur a reçu le prénom de cette morte. *Les parents choisissent les prénoms, mais ce sont les enfants qui les portent.* Un jour, je me souviens, mon père avait prononcé cette phrase, l'air de rien.

J'en parle à Léa, qui accuse le coup. Elle porte le prénom de sa grand-mère déportée à Auschwitz.

— Je comprends ta sœur. Ma mère m'a donné le prénom de sa mère, mais elle n'a jamais pu me raconter sa disparition.

Je la prends dans mes bras. Elle est raide comme un bout de bois. Elle se sent fatiguée, elle veut dormir. Allongé à côté d'elle, je revois sa grand-mère dont elle m'a montré un jour une photo où elle avait une vingtaine d'années. Léa lui ressemble. Je pense aussi à Estelle et à sa lettre adressée à notre père dont elle me lisait des passages quand j'avais quinze ans. Elle n'arrivait pas à la finir, encore moins à la donner. Elle l'a peut-être fait, ou elle en aura écrit une autre, sur son prénom. Elle avait appris cette histoire peu avant son mariage, au printemps 1999 et c'est en juillet que mon père m'envoya la lettre sur la mort de sa sœur. Estelle et moi étions donc au courant de cette disparition et pourtant, pas un mot. Il est vrai qu'on ne se parlait presque plus.

Léa s'est endormie et je regarde à nouveau cette photo de premier communiant. Mon père n'est plus au centre de l'image, le sujet, maintenant, c'est ma tante, cette main donnée à son grand frère, sa jambe levée dans le vide, son regard qui fuit. Sa disparition est imminente, mais comment et où est-elle morte exactement ? Là-dessus, mon père ne dit rien.

15

Photo n° 5

L'inconnu de Rillieux-la-Pape (29 juin 1944)

Un homme tient une mitraillette et sourit au photographe, sans un regard pour les sept corps étendus devant lui, les jambes en direction d'un mur de cimetière.

« Ce sont les fusillés de Rillieux-la-Pape. Sept Juifs qui ont valu à Paul Touvier, chef du deuxième bureau de la Milice à Lyon, d'être condamné en 1994 pour crimes contre l'humanité. »

Voilà ce que mon père indique au début d'une nouvelle lettre qui accompagne cette photo. Puis il énumère les noms des morts :

« Emile Zeizig, Léon Glaeser, Claude Benzimra, Maurice Schuesselman, Siegfried Prock, Louis Krzyzkowski et un inconnu. Un milicien a raconté que ce jour-là, le 29 juin

1944, vers trois heures du matin, Paul Touvier avait demandé à un de ses hommes si les "cartons" étaient prêts. »

J'aperçois en effet près d'un corps un rectangle de carton blanc sur lequel on a inscrit en gros caractères un nom (illisible) suivi d'une initiale (E). Cela doit être Zeizig.

« Le seul à ne pas avoir de carton est resté anonyme. Il s'agit d'un Juif à l'accent parisien, qui la veille ne cessait de chanter l'air du condamné à mort de la Tosca : "Le ciel luisait d'étoiles / Il est fini ce jour heureux. Je meurs désespéré / Et jamais je n'ai tant aimé la vie..." Cet air, je l'ai entendu chanter. En juin 1944, j'habitais rue Jarente, dans un immeuble qui donnait sur la cour du collège Saint-Marc où avaient été acheminés ces prisonniers. Je l'ai entendu deux fois. D'abord, le 28 juin au soir. Puis dans la nuit, vers trois heures du matin, l'inconnu, poussé vers la sortie, impasse Catelain, s'est remis à chanter. Il faisait très chaud, je dormais la fenêtre ouverte : son chant m'a réveillé et quand je me suis levé j'ai deviné des ombres dans la cour. J'ai aussi entendu des ordres donnés en français. Mon grand-père m'avait expliqué la différence entre les Allemands et ces Français qui torturaient d'autres Français. Un jour, il avait même sorti son fusil qu'il s'était mis à tripoter en murmurant. »

En lisant mon père, je ne vois plus seulement la photo et ces Juifs allongés et criblés de balles. Ils sont encore debout, ils marchent sous ses yeux, conduits vers la mort par des compatriotes.

« En 1994, j'ai assisté au second procès Touvier, qui s'est tenu à Versailles. A l'époque, tu vivais à Londres, je ne t'en ai pas parlé. J'ai pu enfin mettre un nom sur ces ombres que j'avais vues passer sous ma fenêtre. Siegfried Prock était un Autrichien réfugié à l'hôtel du Helder sous une fausse identité : il s'est fait prendre à cause de l'administration française, qui avait livré le fichier des Juifs à la Milice. Léon Glaeser était l'avocat du Comité de défense juive pour la région lyonnaise. Il voyageait beaucoup et il a été arrêté à la gare de Perrache alors qu'il revenait d'un déplacement. Les miliciens sont allés chez lui pour mettre la main sur l'argent du Comité. Emile Zeizig dirigeait un magasin de Nouveautés. Je crois que Claude Benzimra s'est fait prendre alors qu'il dînait dans un restaurant. J'ai oublié qui était Maurice Schuesselman et Louis Krzyzkowski. Et puis il reste cet inconnu.

« Je n'avais pas réussi à me rendormir. Je savais ce qui les attendait. Les nuits suivantes, j'ai rêvé qu'on venait me chercher pour me traîner dans cette cour. Je reconnaissais des miliciens qui frimaient avec leurs pistolets, c'était les hommes que je croisais en rentrant du collège. Quand ils étaient de bonne humeur, ils me proposaient une cigarette. »

Un homme qui chante alors qu'il va mourir : j'imagine que les miliciens ont dû lui crier de fermer sa gueule de sale Juif. Car il n'y a qu'un Juif pour chanter à ce moment-là un air d'opéra, devaient-ils se dire dans leurs petites têtes d'antisémites. Le plus troublant, c'est son refus de dire son nom. Il ne veut pas se taire, mais il ne veut pas laisser de traces.

« Lors du procès en 1994, j'ai su enfin où l'on avait emmené, cette nuit-là, les sept Juifs. Un certain Maurice Abelard a parlé du Juif inconnu avec qui il partageait une cellule du collège. Par quel miracle cet homme était-il passé à travers les mailles des administrations française et allemande ? Personne ne s'en est étonné. Pour qui chantait-il cet air de la Tosca ? Quelqu'un d'autre l'a-t-il entendu ? J'avais eu l'impression d'être le seul. J'ai longtemps essayé de retrouver cette mélodie. »

La lettre de mon père s'achève là-dessus. Ce qu'il ne dit pas, c'est qu'il avait acheté le disque, à mon grand étonnement d'ailleurs, car il n'aimait pas l'opéra. « Le ciel luisait d'étoiles / Il est fini ce jour heureux. Je meurs désespéré / Et jamais je n'ai tant aimé la vie… » Il l'écoutait souvent les derniers temps, juste avant sa mort. Une mort qui rôde dans ces photos. D'abord Jean Moulin, croisé juste avant son arrestation. Puis les bombes des Américains qui tombent autour de mon père et de sa sœur qui disparaît sans laisser de trace. Maintenant, ces hommes qu'on emmène sous ses yeux. Mais que vient faire Stoglitz ?

Cette photo me replonge dans la relation compliquée de mon père avec les Juifs. Il admirait leur intelligence, visitait leurs synagogues, il s'était même rendu en Israël en pleine guerre du Kippour. Quand il allait rue des Rosiers, il en revenait avec du hareng, du caviar d'aubergine et des klops, tout fier que le marchand se soit adressé à lui en yiddish. Il avait acheté une kippa et déambulait parfois dans l'appartement, persuadé qu'il avait une tête à kippa. Si lors d'un repas, il s'écriait « Chaïm », il fallait lui répondre « Chaïm ». Même si le lendemain, il disait « Zum wohl » et qu'il fallait aussi lui répondre.

J'avais fini par me demander s'il n'était pas juif. Un Juif honteux, qui à chaque rentrée des classes, me réclamait la liste de mes camarades pour les pointer du doigt : « Juif. » A dix ans, j'étais déjà un expert en sonorités séfarades et ashkénazes. Plus tard, j'ai essayé de comprendre : il avait grandi dans une époque qui stigmatisait les Juifs et il lui en était resté un trouble, une confusion d'esprit. Car après un voyage à Auschwitz, il avait tout de même prétendu que ces baraques en plein champ, sous le soleil, cela n'avait pas l'air si terrible. Et même s'il l'avait dit en plaisantant, y avait-il de quoi plaisanter ? Quand il m'avait parlé de sa sœur embarquée avec les Juifs hongrois, je m'étais dit que tout venait peut-être de là.

Au journal, je suis devenu un spécialiste de « la question juive ». Et Léa, qui est juive, m'a récemment demandé :

— Tu crois que je me serais entendue avec ton père ?

J'ai eu du mal à répondre. Je n'ai pu m'empêcher d'émettre quelques doutes, que j'ai formulés de la manière la plus vague qui soit :

— Tu sais, il était un peu spécial.

16

Photo n° 6

La cour d'école, Lyon, été 1944

C'est une cour d'école toute simple, comme il en existe des milliers d'autres en France. La photo a été prise d'une fenêtre qui surplombe l'endroit dont mon père a indiqué l'adresse : « 13, rue Jarente, donnant sur l'ancien collège jésuite Saint-Joseph, entrée rue Sainte-Hélène ». Il a déjà précisé avoir habité la rue Jarente en 1944. C'était à propos de Rillieux-la-Pape et dans la lettre qui accompagnait la photo de Jean Moulin. La photo est banale, mais au verso, il a rédigé très lisiblement ces quelques mots, qui laissent penser le contraire : « C'est là que tout a commencé et que tout a fini. »

Mon père me laisse sur cette photo, vide et dépeuplée. Car il n'y en aura pas d'autre. Qu'est-ce qui avait commencé et qu'est-ce qui avait fini ? Cette fois-ci, il n'y a pas de lettre. A moi de me débrouiller.

Je regarde à nouveau les photos qui précèdent. Le bombardement du 26 mai 1944 et la communion manquée. Les otages de Rillieux-la-Pape, embarqués sous son nez dans cette cour du collège Saint-Joseph, le 28 juin 1944. Et sa sœur arrêtée, « un mois après le bombardement ». Cette arrestation a donc eu lieu fin juin, au même moment que l'histoire des otages. Pour sa sœur, tout s'est passé à l'extérieur de Lyon, à moins qu'on ne l'ait ramenée dans cette cour, hypothèse pour laquelle je ne dispose d'aucun indice. Qu'y a-t-il aujourd'hui dans cette cour ? Et rue Jarente ?

Je vais rejoindre Léa à qui je montre la cour d'école. Elle hausse les sourcils. Pour elle, il est grand temps que j'aille à Lyon pour me rendre compte. Je lui demande si elle veut m'accompagner, car je sais qu'elle n'aime pas que je la laisse seule. Mais cette fois-ci, elle me pousse à partir.

En jetant à nouveau un coup d'œil sur la photo de mon père prise sur le bateau, je remarque un détail qui m'avait échappé, la montre Lip qu'il portait ce jour-là. Elle prend la poussière juste à côté de cette image. Je n'aime pas les montres et je n'ai jamais porté celle de mon père dont Maman m'a fait aussi cadeau.

Je nettoie le boîtier recouvert de poussière et les aiguilles redevenues visibles laissent apparaître l'heure de son décès. Je commence à la remonter et le tic-tac reprend. Je la passe autour de mon poignet.

II

17

Dans le train qui m'emmène à Lyon, je feuillette le cahier rouge dans lequel Estelle a fouillé. C'est un cahier Daniel Hechter. Le prix initial, 30 F, a été barré : mon père l'a obtenu pour moitié. Il négociait pour tout, même pour les cahiers. Je l'ai trouvé un jour dans ma chambre qu'il avait transformée en bureau. A l'époque, je l'avais parcouru distraitement.

Je cherche le texte sur sa sœur, mais il a visiblement disparu. A défaut, je tombe sur des phrases qu'il lâchait parfois brusquement à table. Léon Blum : « Il est facile de ne dire que la vérité. Il est difficile de dire toute la vérité. » Flaubert, qu'il citait dans sa première lettre : « Pour qu'une chose devienne intéressante, il suffit de la regarder longtemps. » Les premières notes datent de septembre 1988 et concernent la télévision. Des émissions sur la Collaboration, les Bureaux d'achat allemands, la bande Bonny Lafont et la Milice, Heidegger et le nazisme.

Un programme sur Lyon inaugure le chapitre consacré à sa ville. « Les ombres y sont plus longues qu'ailleurs. » « Il ne faut jamais mentir, il faut dissimuler. » La suite est un hommage au patois lyonnais. « Caquenanot : bête à faire caca au lit. » M'avait-il traité un jour tout bas de « caquenanot » ? Certains mots, marqués d'une croix, datent de la guerre. « Biche : pot de terre cuite avec couvercle pour œufs ou olives. » « Dubelloire : cafetière à chaussette. »

Ce lexique lyonnais est suivi d'un autre en allemand. A gauche, en rouge, les termes de cette langue, à droite, en bleu, leur traduction. Etrange accumulation de mots qu'il n'avait jamais l'occasion de prononcer. Il avait découvert très tôt la langue des nazis, mais n'avait pas donné suite, même s'il nous l'avait imposée à l'école. A la naissance d'Estelle, il avait prédit qu'elle serait agrégée d'allemand et elle l'avait été. La même prédiction s'était réalisée avec moi. Dans la vie, il faut savoir l'allemand, s'ils reviennent, vous comprendrez tout. En attendant leur retour, on avait eu droit à des correspondants teutons et des étés à Paderborn ou à Bad Schwanstein.

La première fois que j'avais mis la main sur son cahier, j'avais colonisé ses pages, remplissant les vides avec des tentatives maladroites pour parler de lui. Des textes inachevés que je retrouve ici :

« A sa mort, on dénombra une bonne centaine de paires de chaussettes soigneusement rangées selon la couleur. Dans la vie, il affectionnait les couleurs sages, passe-partout. En matière de chaussettes, il affichait des goûts nettement plus extravagants (…) Quand il croisait les jambes, il dégageait ses chevilles et lançait sa jambe supérieure vers l'avant et en hauteur. Il la regardait avec détachement, son pied s'était éloigné de lui, il semblait devenu un géant qui vous jetait son pied, et sa chaussette, au visage. Quand ma mère m'a proposé de reprendre sa collection, j'ai repensé à cette jambe obscène, projetée en avant, loin de laquelle j'allais jadis m'asseoir. A cette époque, je ne mettais pas de chaussettes. »

On ne saura jamais si j'ai accepté cet héritage. Le texte ne va pas plus loin, les chaussettes ont débouché sur une impasse et sur des aphorismes qui font leur retour. « Il y a des enfants, qui totalement investis par leur égoïsme juvénile, ne voient pas leurs parents vieillir. » J'essaie de ne pas me sentir concerné.

On est le 27 décembre 2000. Sur cette dernière page, chaque date est indiquée. Le lendemain, il a écrit ce dernier aphorisme : « C'est une chose de savoir qu'on est mortel, c'en est une autre de savoir qu'on va mourir. » D'un côté, les vivants, de l'autre, les morts, qu'il va rejoindre. Il n'a jamais écrit aussi lisiblement. Il ne devait pas avoir envie d'arriver à la fin de cette phrase.

18

Mon billet était pour la Part-Dieu, mais en consultant un plan, je me suis aperçu qu'il fallait que je continue jusqu'à Perrache. Je veux commencer par l'hôtel Terminus. Dix ans ont passé depuis la bière bue avec mon père à la brasserie Georges. J'ai beaucoup lu sur sa période fétiche. Les chefs nazis, les marches de la mort, le Paris collabo, l'enfance de Hitler, la machine des camps… Toutes ces horreurs. Au journal, on commence à se poser des questions.

Carnot. Grange-Blanche. La Mulatière. La Guillotière, Saint-Polycarpe. Forez… A Paris, je l'entendais prononcer ces noms de rues, de places, de ponts : ils avaient fini par me devenir familiers. Mais je restais comme un enfant, incapable de les situer dans ce labyrinthe auquel je n'avais pas accès. Me voilà seul dans le labyrinthe.

Je commence par me perdre sur la place Carnot. J'interroge un cafetier sur l'ancien hôtel Terminus, mais il n'en a jamais entendu parler. Plusieurs hôtels bordent la place. Aucun ne correspond à mon souvenir de ce bâtiment que mon père m'avait désigné. J'aborde une femme qui sort d'une étude de notaire : l'immeuble a bien été jadis un hôtel, mais il s'agissait de l'hôtel d'Angleterre. Est-ce qu'on ne l'aurait pas tout simplement rasé ? Un buraliste me confirme qu'il est encore bien là, invisible depuis la place, derrière le bunker de la gare. Je prends le souterrain réservé aux voitures, où des clodos entassent des caddies au milieu des cartons. Dès que j'en ressors, l'hôtel surgit sur ma droite. Mais le Terminus est devenu un Mercure 4 étoiles. Une plaque des Monuments historiques indique qu'il a été construit en 1905 par un architecte qui répond au nom de M. Curieux. Aucune mention de sa reconversion entre 1942 et 1943. Dans le hall d'entrée, le bar annonce un cours de mixologie à 19 h 30. L'art des cocktails, si j'en crois les noms exotiques inscrits sur l'ardoise.

Je salue poliment la réception où personne ne m'arrête. Jadis, les interrogatoires se déroulaient dans les chambres du troisième étage. Je prends l'ascenseur. Les murs sont recouverts d'enseignes publicitaires pour des lignes ferroviaires qui datent d'avant la guerre : le Nord Pullman. Le Simplon Express. Le Rome Express. « Restaurez-vous à peu de frais », propose une ligne qui relie Paris à Berlin. Le trait est élégant et suggère le luxe, l'insouciance, quand les trains n'avaient pas encore pour destination la mort. Les chambres sont grandes ouvertes, c'est l'heure des femmes de ménage. L'une d'elles me demande si je cherche quelque chose. Je ne le sais pas moi-même et je déguerpis sans répondre. A la réception, je lâche le nom, Terminus. L'employé ne voit pas et me présente un dépliant que je parcours malgré moi : le prix d'une nuit varie entre 200 et 250 euros. Il espère que l'établissement « aura retenu toute mon attention ». Il pense peut-être que je suis en repérage. Il a raison. Je repose son morceau de papier et je me dirige vers la sortie en pressant le pas. Terminus : terme ferroviaire, qui avait pris ici une tournure plus définitive.

J'ai l'impression d'être là par effraction. Lyon était la ville de mon père, son domaine réservé. Mais sans doute souhaitait-il que j'arpente ces rues, que je fouille dans son enfance. Après sa disparition, je me suis fait payer quelques reportages à Lyon au nom d'une prétendue passion pour le foot. Bernard Lacombe, Gregory Coupet, Jean-Michel Aulas… Je les ai interviewés en leur reprochant tout bas d'être devenus champions de France trop tard, dix-huit mois après sa mort. Un premier titre qu'il avait attendu toute sa vie. Au Val-de-Grâce, nous avions regardé son dernier match, Lyon-Guingamp en coupe de la Ligue : une de ces parties de pousse-ballon programmée l'après-midi. Le terrain était gelé, les joueurs évoluaient en collants et le jeu de l'OL ne permettait pas de deviner que mon père allait rater sept titres d'affilée. Il ne se souvenait plus du nom des joueurs, qu'on distinguait assez mal sur la télé trop petite, accrochée dans un angle. Ce jour-là, le foot avait un goût d'éther et nous avions fini par éteindre.

En marchant en direction de la place Bellecour, je croise la rue Jarente. Le numéro 13 est sur la gauche. « C'est là que tout a commencé et que tout a fini. » La phrase résonne encore dans ma tête. Je reste planté au milieu de la rue Victor-Hugo. En 1999, il ne m'avait pas montré cette maison. La Croix-Rousse, oui, l'Ecole de Santé Militaire, oui, mais il avait fait l'impasse sur la rue Jarente. J'entre dans le magasin qui fait l'angle. Voisin, chocolatier depuis 1897. J'achète de la guimauve : j'en prends des blanches, des rouges et des bleues, et les rubans se déroulent sous le regard envieux d'un enfant venu chercher du pain. J'imagine ici mon père achetant de la guimauve. Voilà que je deviens mièvre.

Pour la rue Jarente, j'ai décidé d'attendre. Le temps d'enfourner les rubans de couleur, je suis déjà sur la place Bellecour. Je cherche le nº 32, où se trouvait le dernier siège de la Gestapo, après le bombardement de l'Ecole de Santé Militaire. Je me sens perdu sur cette place, une des plus vastes d'Europe sur laquelle mon père comme tous les Lyonnais aurait sans doute des choses à me dire. Il m'avait d'ailleurs parlé d'une photo où on l'aperçoit bébé, dans les bras de sa mère. Une image datant d'avant la guerre, prise par un de ces photographes qui chassaient les familles en goguette. On est dimanche et aujourd'hui encore, les parents se promènent avec leurs enfants.

Je remonte les numéros. Le nº 32 n'est pas attribué. Il y a bien un immeuble situé entre le 31 et le 33, mais c'est une maison sans numéro. Une vieille grille, qui devait exister à l'époque, barre l'accès à une cour intérieure où plusieurs voitures sont garées. Aucune porte ne semble donner sur ce bâtiment. Juste devant, un parking Vinci a été creusé dans les entrailles de la place : une longue file de voitures fait la queue à l'entrée. En faisant le tour, je découvre deux portes qui mènent à l'intérieur de cette maison. Rue Paul-Lintier, des plaques professionnelles affichent les services d'un psychiatre, de plusieurs avocats, d'un kiné et d'une mystérieuse « Banque du Document ». De l'autre côté, rue Saint-Exupéry, je trouve un réanimateur, un manipulateur de vertèbres et un spécialiste des maladies oculaires agréé auprès du Tribunal d'Instance. Une maison pleine de ressources.

Devant la maison, une colonne blanche, en l'honneur de Saint-Exupéry. L'écrivain né à Lyon est assis avec son casque de pilote au sommet de la colonne. Le petit prince se tient debout à ses côtés. Entre le 32, place Bellecour et Saint-Exupéry, il n'existe aucun lien sinon une date, 1944. L'écrivain est mort cette année-là, en juillet, et la Gestapo a eu son siège ici entre le mois de mai et le mois d'août. Je m'assois sur un banc pour prendre quelques notes dont cette phrase du Petit Prince que j'ai relevée sur le monument : « J'aurai l'air d'être mort et ce ne sera pas vrai. »

Sans mon père, Lyon est une ville muette. J'essaie pourtant de la faire parler en traversant comme une ombre les lieux qui l'auront marqué. Je navigue entre deux eaux, un pied dans le présent, un autre dans le passé où j'ai l'impression de disparaître. Les Lyonnais qui profitent de ce beau dimanche n'ont pas l'air de me remarquer. Je note tout en vrac. Même la guimauve. Gui-Mauve. Les deux syllabes commencent à s'étirer comme un de ces rubans de pâte molle. Son prénom ressurgit.

Je reprends mon petit tour de la place. A l'angle de la rue Gasparin, la pierre très blanche d'une sculpture attire mon attention. C'est là, le 27 juillet 1944, devant le café le Moulin à vent, qu'ont été fusillés, pour l'exemple, cinq résistants lyonnais. Je consulte un des ouvrages de mon père que j'ai emporté avec moi. La veille, un attentat avait été commis contre ce café fréquenté par les Allemands qui exigèrent que les cadavres restent exposés au soleil jusqu'au soir. « La population lyonnaise atterrée défile en silence. » Aujourd'hui, ce monument, qui a reçu le nom de « Veilleur de pierre », semble faire office de lieu de rendez-vous. Plusieurs personnes s'y retrouvent et se saluent. Je saisis des bribes de conversation : « Tu as le drapeau ? », « Tu connais les slogans ? ». Derrière ce Veilleur, ont été gravés les lieux des massacres situés autour de Lyon. Les noms de dizaines de camps de concentration ont été rajoutés. Malgré le bruit, j'essaie de lire les inscriptions. « Vous savez où on va ? », « On en a pour longtemps ? ». Je renonce à lire.

Le café le Moulin à vent n'existe plus : il a été remplacé par une officine de ParuVendu qui propose, jusqu'au 28 mars, une opération « Spécial auto » pour la modique somme de 29 € 90.

Je cherche le numéro 16 de la place, siège de la Milice lyonnaise. Durant les derniers mois de l'Occupation, la Milice a fait face à la Gestapo. Aujourd'hui, le bâtiment héberge le Crédit mutuel et « Bellecour Immobilier », spécialisé dans les appartements de grand standing. Mais un dimanche, impossible d'entrer. Derrière moi, un attroupement s'est formé. Des cortèges convergent vers la place aux cris de « Libérez Gaza, à bas Israël ». C'était donc cela, les slogans, le drapeau. Un porte-parole lit avec un mégaphone le témoignage d'une Palestinienne blessée : « Une balle dans le dos ;

je ne peux plus marcher. » La haine d'aujourd'hui. La mort donnée par Israël arrive du Proche-Orient sur cette place où l'on a torturé et tué des Juifs. Je suis sans doute le seul à relever ce télescopage. Je m'engouffre dans le métro.

A Croix-Paquet, je reconnais l'ancienne ficelle dont mon père m'a parfois parlé. Ficelle : désigne à Lyon le lent funiculaire qui gravit en grinçant la Croix-Rousse. Le métro l'a remplacé. On va plus vite, mais le charme s'est un peu éventé. Le mystère aussi. Je me souviens d'un film que nous avions regardé ensemble à la maison : deux espions sous surveillance se donnaient rendez-vous ici, dans un wagon qui avançait avec une lenteur exaspérante. De cette lenteur naissait le suspense d'une scène que mon père avait trouvée formidable. « C'est ça, exactement ça ! » Comment s'appelait ce film ? Cette question m'occupe jusqu'au terminus, à Cuire, où je demande le bus nº 33 et l'arrêt pour la place Castellane. Personne ne semble connaître cette place. C'est pourtant écrit dans un de ses livres sur Jean Moulin : le héros de la Résistance a pris le bus nº 33 avant d'être arrêté place Castellane, dans la maison du docteur Dugoujon. On me répond dès que je donne son nom : pour Jean Moulin, descendez à la mairie de Caluire.

Je me positionne à l'arrêt. A côté de moi, un adolescent écoute du hip-hop. Un autre revient du sport. Un couple s'embrasse. Un petit coin de banlieue lyonnaise. A l'époque, il devait déjà en être ainsi : un homme en marche vers son destin ne passe pas forcément par des lieux exceptionnels. Un jour, mon père aussi a emprunté cet itinéraire, pour vérifier les faits. Je suis ses traces. Je prends l'aspiration.

La place a changé de nom et a été rebaptisée en l'honneur d'un certain Gouailhardou, chef du 4e secteur de l'Armée secrète du Rhône, fusillé en 1944 à Villeneuve, dans l'Ain. Je m'attendais au patron, j'ai droit à un second couteau. On s'est précipité pour côtoyer le mythe, car une grande plaque célèbre aussi la mémoire de Charles Francisque Rendu, qui a dû vouloir faire mentir son nom : il est mort ici, à 17 ans, en juin 1940, les armes à la main, tué par les Allemands déjà vainqueurs. Un peu plus loin, les stèles de l'Espace du Souvenir Français égrènent les noms des enfants de Caluire tombés au champ d'honneur. Pour 14-18, il doit y en avoir à peu près 300. Pour 39-45, une vingtaine et seulement neuf pour l'Algérie. Ils sont tous là, nos morts glorieux, rassemblés autour du plus glorieux d'entre eux. S'il n'avait pas été arrêté, torturé, parlerait-on autant de Jean Moulin ? Pour devenir un héros, mieux vaut mourir assez tôt.

Entre tous ces morts, des places de parking. On se gare sous le nez du chef de l'ombre dont l'élégante silhouette se dresse au centre, bizarrement coincée entre trois murs de pierre blanche.

J'essaie de me représenter l'arrestation. Des voitures qui coupent leur moteur avant de redémarrer sur les chapeaux de roues. Entre-temps, René Hardy a pris la fuite. Mais la scène m'échappe. Au fond, elle ne m'intéresse pas beaucoup. Je préfère imaginer mon père qui prend des notes, arpente, s'interroge, conteste.

Avant de repartir, je jette un dernier coup d'œil sur la vieille maison, triste et sale, du docteur Dugoujon. On dirait une maison hantée. Claude Berri avait voulu y tourner une scène de *Lucie Aubrac,* mais elle était trop petite. Le cinéaste est mort récemment et la seule chose que j'ai retenue de ses mémoires, c'est qu'il avait été caché à Caluire pendant la guerre et qu'un jour, en sortant de l'école, il avait entendu tirer. Comme il ne l'apprendra que bien plus tard, il s'agissait de l'arrestation de Jean Moulin. Avec les otages de Rillieux-la-Pape, mon père avait aussi vécu un événement qu'il n'avait compris qu'à l'âge adulte. Cinquante ans après, Berri avait mis en scène ces coups de feu entendus. Mon père, qui n'allait jamais au cinéma, avait fait une exception et il était revenu furieux de ce film qui célébrait les Aubrac.

J'ai rendez-vous avec un historien lyonnais qui a consacré un livre au couple phare que j'ai retrouvé dans la bibliothèque de mon père. Il l'avait pris en notes, dix pages de gribouillis malheureusement indéchiffrables. J'en informe l'auteur qui se dit touché par cette lecture. Il marque son nom, Guy Rolin, comme s'il allait, à son retour, consulter un de ses fichiers. Je lui parle des photos, de la rue Jarente et des miliciens du collège Saint-Joseph. Quand je lui cite la phrase sur la cour du collège, il ne voit vraiment pas. Il s'est passé tellement de choses dans ce lieu. On serait d'ailleurs loin de tout savoir. Le seul conseil qu'il peut me donner, c'est d'aller sur place, de poser des questions.

Me voilà devant le n° 13 de la rue Jarente. Inutile de tourner autour du pot, il faut y aller.

Jusque-là, ce n'était qu'une petite promenade digestive, une façon de prendre l'air, de se mettre dans l'ambiance. Mais je tourne encore. C'est que parfois je suis lâche. Me voilà arrivé à destination et je fais du lèche-vitrines. Comme si des baignoires de marbre blanc pouvaient m'intéresser. Je pense à la porte là-bas, à ce que je vais trouver derrière. Peut-être rien. « Tout a commencé et tout a fini. » Je reviens au design. Du grand luxe pour magazine sur papier glacé. Rien à voir avec le vieil immeuble de mon père vers lequel je me traîne enfin. Je pense à toutes les familles, aux célibataires, aux filles-mères, aux générations de Lyonnais, qui ont vécu ici. Un jour, on a installé un code. Je regarde mon téléphone en attendant que quelqu'un veuille bien ouvrir la porte. Un monsieur bedonnant, au menton empâté, finit par approcher. Il appuie sur son menton et me sourit sans rien dire.

— Excusez-moi…

— Vous voulez rentrer ?

— Oui, je cherche…

— Oh, je ne vous demande rien. Moi, c'est mes lunettes que je cherche. Tout à l'heure, impossible de mettre la main dessus. Est-ce que vous pourriez me faire le code ?

Il me donne la combinaison et je le regarde s'éloigner en trottinant vers l'ascenseur. Son âge m'a donné une idée.

— Vous vivez là depuis longtemps ?

— Oh ici, vingt-cinq ans. C'est un immeuble calme, de très bonne qualité. Peu de mouvements. Tout le monde se connaît. Vous cherchez à louer ? Il y a un appartement vide, je crois, au troisième étage. L'annonce est dans l'allée.

L'allée : autre mot lyonnais que mon père employait. Vingt-cinq ans ne seront pas suffisants. Il me faudrait un homme qui vit là depuis soixante-cinq ans. Un homme immobile.

— Quel est le plus vieil habitant de l'immeuble ?

Il réfléchit.

— Oh, c'est certainement monsieur Maillard. On a fêté ses quatre-vingts ans avant Noël. Il a grandi ici, puis il est revenu après sa retraite.

Je fais le calcul. Il avait quinze ans pendant la guerre. Mon père peut l'avoir connu.

— Il est possible de lui parler ?

— Oh, bien sûr.

Je vais entrer dans l'immeuble de mon père où un homme va peut-être me dire enfin à quoi il ressemblait.

— Je vais quand même vous accompagner, il est un peu méfiant. Il habite au premier, mais vous m'excuserez, on va prendre l'ascenseur.

Y avait-il un ascenseur à l'époque ? Celui-ci sent le vieux Lyon : une odeur de renfermé, d'encaustique et un je-ne-sais-quoi qui vient de mon guide. Il colle son visage contre le mien. Œil écarquillé, mais bienveillant. Son verdict tombe :

— Oh, dites-moi, vous n'êtes pas de Lyon, vous ?

— Comment avez-vous deviné ?

— Oh, une intuition. Ma femme est toujours épatée par mon intuition. Après vous…

Deux appartements se partagent l'étage. L'homme, qui commence toutes ses phrases par « Oh », me désigne celui de gauche et sonne à la porte. On entend du remue-ménage.

— C'est monsieur Chêne. Je vous amène un visiteur. Il n'est pas de Lyon, il est assez jeune et il cherche le plus vieil habitant de l'immeuble. Qu'est-ce que vous en dites, monsieur Maillard ?

Monsieur Maillard manipule des loquets. Un, deux, trois loquets. Il ouvre avec des précautions d'homme traqué. Sans m'accorder le moindre regard, il commence à s'entretenir avec son voisin.

— Ça cavale, ça cavale. Je me suis adressé au syndic, mais là-bas, ils ne veulent rien entendre.

— Vous dites au-dessus de chez vous ? Vous savez bien que c'est les Carrière. Ils ne sont pas méchants. C'est leur petite fille. Je vous promets d'aller leur parler. Mais monsieur…

Il se tourne vers moi.

— Monsieur Rolin.

— Je vous laisse avec monsieur Rolin qui doit avoir des questions à vous poser. Et – il fait un geste vers le haut – je vous tiens au courant.

Monsieur Chêne nous a laissés seuls et il me fait signe d'entrer. Son appartement est sombre et surchauffé. Mon père n'avait jamais précisé l'étage où il habitait. Le salon donne sur la cour. Je me dirige aussitôt vers la fenêtre.

— Un lycée privé. Bruyant la semaine, mais cela me fait de la compagnie. Je les regarde s'amuser… Alors, expliquez-moi votre affaire.

Il est resté debout, ses deux mains appuyées sur le dossier d'une chaise, en face de moi. Il est encore costaud. La vie l'a fatigué, mais on devine un athlète. Je lui tends la photo de la cour qu'il examine en soulevant ses lunettes.

— Elle ne date pas d'aujourd'hui. Mais elle n'a pas été prise de cet appartement. C'est au moins du troisième, peut-être même du quatrième. Vous êtes venu pour cette photo ?

Ce vieil homme est un inconnu, mais je n'ai pas le choix. Je lui déballe tout, comme un monologue de théâtre dont mon père serait le sujet. Son compteur bloqué sur la guerre, sa passion pour Jean Moulin, les miliciens en bas dans la cour, les sept otages de Rillieux-la-Pape. Il secoue la tête. Je respire à peine, mais j'enchaîne. Sa vie de médecin obsédé par la guerre, sa mort il y a huit ans, ce paquet de photos tombées du ciel, avec cette phrase-mystère : « C'est là que tout a commencé et que tout a fini. » Je le vois suspendu à mes lèvres. J'inspire un grand coup : qu'est-ce qui a commencé ? Qu'est-ce qui a fini ? Il lève les sourcils. J'en ai terminé. Il se redresse.

— Très intéressant. Et vous avez fait tout ce chemin depuis Paris. Asseyez-vous.

Il lâche le dossier de la chaise qu'il me désigne et rejoint un coin plus sombre de la pièce où je n'avais pas remarqué la présence d'un fauteuil.

— Votre père s'appelait donc Guy Rolin…

En prononçant ce nom, sa voix se perd dans le vague.

— Moi aussi, j'ai été médecin. Pourquoi les gens veulent-ils savoir ? Certains m'ont reproché de leur en avoir trop dit.

Que sait-il ? Pourquoi tant de précautions ? Comme mon père, il est pour la vérité à doses homéopathiques. Médecin et lyonnais : cela fait beaucoup pour un seul homme.

— Vous vous souvenez donc de mon père…

— Bien sûr que je me souviens de lui. Le petit voisin du quatrième. Il devait avoir trois ou quatre ans de moins que moi. C'était un garçon sérieux, bien élevé, toujours convenablement habillé, avec une mère aux jambes magnifiques dont j'étais un peu amoureux. Je la regardais descendre les escaliers. Je parle donc là de votre grand-mère…

Je me fiche de cette grand-mère que je n'ai jamais connue. Sérieux, bien élevé, bien habillé… Je devine une silhouette, qui descend avec sa mère les escaliers. Question jambes, mon père se défendait aussi. Des jambes de futur crossman.

— Elle n'était pas très aimable. Il y avait aussi le grand-père, pas facile non plus, qui m'a surpris un jour dans l'allée : j'écrivais des insultes contre les miliciens. « Vous voulez qu'ils nous arrêtent tous ? », il a hurlé.

Je le laisse remonter le fil de ses souvenirs. Il croise et décroise ses mains qui sur le mur font un ballet d'ombres chinoises.

— Et puis, la petite sœur…

Il laisse passer encore un moment. J'ai tout mon temps. Mais rien ne vient. Il a peut-être oublié ou il attend que je continue.

— Oui, je sais, sa petite sœur, il m'en avait parlé. Emmenée avec des Juifs près de Lyon.

Il fait un brusque mouvement de la main.

— C'est ce qu'il vous a raconté ?

Sa voix a haussé d'un ton.

— Vous rendez-vous compte de ce que vous me demandez ?

Il est donc arrivé autre chose. Quoi exactement, je l'ignore, mais cet homme connaît une histoire, qui n'est pas la version de mon père.

— Il voulait que je sache.

— Pourquoi ne s'en est-il pas chargé lui-même ? Même après sa mort, il était facile de vous laisser une lettre un peu plus claire que cette photo et cette phrase un peu mélodramatique : c'est là que tout a commencé et… ?

— Que tout a fini.

En effet, cela aurait été tellement plus simple. Mais la simplicité, mon père s'asseyait dessus. Disparue la simplicité. Pour la moindre question, il était un mur, une force de dissuasion à lui tout seul.

— C'était sa façon de faire. Il m'a laissé ces photos, à moi de me débrouiller.

— A vous de vous débrouiller ?

Il n'a pas l'air convaincu.

— Pourquoi tenez-vous tant à connaître la vérité ?

Est-ce que tout le monde ne ferait pas de même ? Les enfants sont des curieux, des indiscrets. Ou alors des ingrats, des oublieux, des malfaisants.

— Je pense qu'il y tenait. Sinon, il ne m'aurait pas fait parvenir ces photos et ces lettres. Il a fixé les règles du jeu, un peu étranges, je le reconnais, mais je dois faire avec.

Je parle de mon père comme si je le connaissais. J'aimerais pouvoir dire avec certitude qu'il s'agit juste d'un jeu. Un jeu d'outre-tombe, où l'on ne joue pas vraiment ensemble.

— Parlez-moi un peu de vous.

Un jour, mon père s'était assis en face de moi, dans un studio que j'avais occupé quelques mois rue de Châtillon. Le lieu était minuscule, nous étions l'un sur l'autre. Si tu avais à te décrire brièvement, que dirais-tu ? La question était inattendue, je n'avais pas su répondre.

— Je suis journaliste. J'interroge, j'enquête, je raconte des vies.

Je ne cesse en effet de poser des questions à des inconnus. Comme si je cherchais à me rattraper. L'homme, au fond de son fauteuil, se racle la gorge.

— Allez-y. Comme si c'était votre métier.

Il a donné le signal.

— Quel jour ?

— 26 août 1944.

— Les Allemands sont sur le point de partir.

— Oui, ils sont en pleine déroute. Il y a déjà des combats dans la banlieue de Lyon. Tout ce que je vais vous raconter, on ne l'a appris qu'un peu plus tard. Tout le monde l'a su dans l'immeuble. Son grand-père avait un fusil…

Je sais. Photo nº 1. Johannes s'appuie avec fierté sur un fusil et sur son petit-fils. Son nom au cimetière que nous avions dégagé hors de terre. Pas le nom de sa mère, seulement son grand-père.

— … Un jour, votre père a joué avec. Il s'est mis à la fenêtre et a commencé à viser dans la cour. On avait tous envie de dégommer un milicien. Ce qui s'est dit, c'est qu'il n'avait pas fait exprès. Il ne pensait pas que le fusil était chargé. Le coup est parti et un milicien est tombé. Ils étaient trois dans la cour, avec un Allemand de la Gestapo, en train de fumer une cigarette…

Il fait une pause. Le temps que j'encaisse. Que je réalise que mon père a tué un homme. Un milicien, mais un homme quand même. Je repense à sa haine des armes. Un jour, il avait cassé mon petit revolver avec balles en caoutchouc. Toutes ces allusions aux miliciens dans ses lettres. Mais il y a autre chose.

— Ils se sont vengés sur la sœur. C'est ça ?

— N'allez pas trop vite. Il n'a pas bougé tout de suite. Le coup parti, il reste là comme un idiot et ils ont le temps de repérer l'étage. Il les voit courir et il s'enfuit en oubliant sa petite sœur qui dort dans une autre pièce. Les miliciens arrivent, ils défoncent la porte et embarquent la gosse.

Mon père avait donc laissé sa sœur. Un gosse qui panique pendant la guerre, c'était donc ça l'histoire. Lui qui nous répétait : ne jamais paniquer, quoi qu'il arrive. Dans les rouleaux de l'Atlantique, au large d'Arcachon, il m'avait enlevé ma bouée alors que je ne savais pas nager. Pour m'apprendre… Je l'imagine tapi dans un coin, avec l'envie de se rendre aux miliciens. Trop tard sans doute. Je le revois dans son lit à la fin, bourré de morphine, sa main inerte dans la mienne, et réclamant Estelle. Laquelle ?

— Il n'est pas revenu dans l'appartement ?

— Quelques heures après. Ils avaient déjà réglé son compte à la gosse. Où ça, je l'ignore. Quand il est revenu, deux autres miliciens l'attendaient. Si le grand-père ou la mère avaient été là, tout se serait passé autrement.

Sa mère, qu'il appelait parfois l'absente. Mais lui serait toujours là pour nous, il ne nous lâchait pas d'une semelle. Pierre Labroix, qu'il surnommait son jumeau, car ils étaient nés le même jour, m'avait dit après l'enterrement qu'il n'avait peut-être pas été le père le plus tendre, mais qu'il aurait donné sa vie pour nous.

— Il a réussi à leur échapper ?

— C'est l'Allemand qui a sauvé votre père. Car il y avait un Allemand dans la cour avec les miliciens. Il avait dû apprendre ce qu'ils avaient fait à la petite fille, ou peut-être que la mort d'un milicien, il s'en fichait. Il a dit qu'il s'en occupait lui-même et il a emmené votre père à la Gestapo, place Bellecour.

Ce n'était donc pas les Juifs. Pourquoi leur avoir mis ça sur le dos ? Sa sœur a disparu et lui a survécu. Je la revois avec sa poupée, le jour du bombardement. Photo nº 4. Là encore, dans sa lettre, il n'avait pas soufflé mot. Tu ne sais rien de mon silence, avait-il dit à Estelle. Quand y pensait-il ? En nous voyant, Estelle et moi ?

— Maintenant, vous savez tout.

Tout se sait. Tout finit un jour par se savoir, me disait-il pour me dissuader de mentir, alors qu'il mentait. Je repense à sa fuite après le coup de feu. Il court, puis se souvient d'elle et ralentit. Il devait se douter qu'ils seraient là à l'attendre. Il revient dans l'appartement, s'aperçoit qu'elle a disparu.

Le vieil homme me laisse seul avec mes pensées. La nuit est tombée pendant qu'il parlait et je ne devine plus qu'une silhouette. Il faudrait allumer une lampe, mais il n'a pas envie de bouger. Moi non plus. J'aime les dimanches soir, le moment le plus calme de la semaine, idéal pour les secrets. Dans ce silence, le son de ma voix me surprend :

— On n'a jamais su ce qu'était devenue la petite sœur ?

— Jamais. Le lendemain, les miliciens avaient déguerpi. Les semaines suivantes, on en a coincé certains, d'autres ont été tués au combat. Il y a tous ceux aussi qui sont passés en Allemagne. Volatilisés. Le grand-père a eu beau se démener, c'était le chaos, alors la disparition d'une petite fille…

— Et l'Allemand de la Gestapo ?

— Il a gardé votre père jusqu'au lendemain. Le grand-père était allé le chercher, mais il lui a dit de ne pas s'inquiéter : il attendait le départ des miliciens.

— Pourquoi a-t-il agi ainsi ?

— Il cherchait peut-être à se faire pardonner d'autres saloperies. Les Allemands savaient que c'était foutu, ils préparaient la suite.

— Et mon père ?

— Il n'a plus desserré les lèvres. Son grand-père ne le lâchait pas d'une semelle. On entendait parfois la mère qui lui gueulait dessus. Elle l'a envoyé en pension, elle ne voulait plus le voir…

Cela ne m'étonne pas si elle t'a abandonné. Je repense à cette phrase, à ses larmes. Sans le savoir, j'avais mis dans le mille.

— J'ai appris aussi qu'il était allé piquer des uniformes de milicien dans le collège. Il faisait…

On entend une cavalcade au-dessus de nos têtes. Le vieil homme s'est redressé en s'agrippant aux accoudoirs.

— Ah, c'est encore cette petite fille qui…

Il s'est renfoncé dans son fauteuil.

— Vous n'avez jamais plus parlé à mon père ?

— Si une fois, juste avant son départ en pension. Je voulais savoir comment ça s'était passé à la Gestapo. Au début, il ne voulait pas me répondre. Et puis un jour, il m'a raconté que l'Allemand l'avait cuisiné sur son coup de feu, puis l'avait collé sur une chaise, avec interdiction d'en bouger. La nuit, il a dormi sous une table, un bureau d'enfant. Il y avait un sous-main en cuir et des poèmes d'un fils adressés à sa maman, qui avait été arrêtée par la Gestapo. Pendant ce temps, les Allemands passaient avec des cartons. Puis il n'a plus entendu aucun bruit et il a fini par aller voir. Tout était vide, ils l'avaient laissé tout seul à son bureau.

— Et le type de la Gestapo ?

— Il ne lui avait même pas dit au revoir. Il lui avait juste donné son nom. N'oublie jamais mon nom, lui a-t-il dit, je t'ai sauvé la vie.

Mon père se doutait-il que ce serait son ancien voisin, qui me raconterait ? Avait-il imaginé cette conversation ?

Il peine à se relever et j'attrape sa main :

— N'en voulez pas à votre père.

— Je ne lui en veux pas.

Bien sûr, il m'avait menti. Une première fois dans sa lettre envoyée à Florence en juillet 99. Puis avec ce bombardement, où il était à nouveau question de sa sœur.

— Vous avez des enfants ?

— Non.

— Vous verrez. Il y a des choses qu'on ne peut pas dire à son enfant. C'est comme ça, pas autrement.

La suite de nos propos n'a pas grand intérêt. Nous avions besoin d'échanger des paroles plus légères. Il voulut savoir si je repartais tout de suite à Paris et me souhaita bon retour.

— Et le nom de l'Allemand, vous l'avez demandé à mon père ?

— Votre père ne voulait pas me répondre. Il répétait : c'est un secret. Et s'il t'arrive quelque chose ? J'ai senti qu'il hésitait. Il me l'a finalement donné : Steglitz, Staglitz, ou quelque chose comme ça.

J'ai descendu lentement les escaliers. Je venais de croiser un fantôme. Werner Stoglitz. Je me suis arrêté un moment, stupéfait du temps qu'il m'avait fallu pour comprendre. L'homme de la Gestapo était devenu membre de la Stasi et mon père avait retrouvé sa trace.

19

TGV, Lyon-Paris

Stoglitz m'a donc bien menti. Il n'y a pas d'espion communiste. Mais en repensant à notre conversation, je m'aperçois que c'est moi le premier qui lui ai parlé d'espionnage. Il s'est contenté de ne pas me contredire et de me demander ce que je savais exactement. Il ne me reste plus qu'à l'appeler, là maintenant, dans le train qui me ramène à Paris.

Deux semaines ont passé depuis mon premier coup de fil, mais il n'a pas l'air surpris. Sa voix semble juste plus enrouée, ou ensommeillée, comme si je venais de le réveiller. Je suis presque en colère :

— Vous savez où je suis ? A Lyon. Vous connaissez bien Lyon, monsieur Stoglitz ?

Ma question est presque une affirmation. Il ne dément d'ailleurs pas.

— En effet, je connais bien Lyon, comme je connais Paris ou Strasbourg.

— La première fois, vous ne m'avez pas dit la vérité.

Cette fois-ci, ce n'est plus une question. Il ne répond pas tout de suite.

— Je suis désolé, mais c'est un peu plus compliqué. Vous avez du nouveau ?

— Place Bellecour, 26 août 1944. Un garçon de douze ans qui est mon père. Est-ce que c'est pour vous du nouveau ?

— Reparlons-en si vous voulez. Mais pas au téléphone. Est-ce que vous avez le temps de venir à Berlin ?

Je ne suis plus jamais retourné dans la ville où j'ai vécu, en 1990.

— Ne tardez pas trop. Je vais avoir quatre-vingt-dix ans.

Dans le train, je repense à la disparition de celle qu'il faut bien que j'appelle ma tante, à sa capture par ces miliciens, à la nuit passée seul par mon père au siège de la Gestapo. Tous ces secrets dont s'est délivré le vieux Lyonnais. Il y a des hommes qui ont beaucoup de choses à nous dire, il suffit de les trouver.

De petites histoires me reviennent en mémoire. Ni des preuves ni des soupçons, mais des comportements étranges, comme cette façon qu'il avait d'aborder les postes-frontières, en silence et le visage fermé. Mais quand les douaniers lui adressaient la parole, il les faisait rire, avec brio, avant de remonter sa vitre et de retomber dans son silence.

— Il faut passer comme si on risquait sa vie à tout moment, m'avait-il expliqué le jour où il m'accompagnait à Berlin. Comme si le type en face était prêt à t'abattre avec sa mitraillette.

— Tu ne crois pas que tu exagères ?

— Crois-moi, on ne sait jamais ce qui peut arriver.

A l'époque, les frontières commençaient à ne plus rien vouloir dire et je ne voyais pas pourquoi un douanier aurait eu envie de le descendre. Mais je n'avais pas insisté : il avait peut-être besoin de vivre des sensations fortes.

Je repense aussi à sa haine des armes à feu et à mon Tokarev d'enfant qu'un jour il avait réduit en miettes. Un Tokarev noir et blanc, avec bouchons en caoutchouc rouge, qui s'encastraient au bout du calibre. Grand-Père me l'avait offert en cachette, en m'expliquant que le Tokarev avait permis à des millions de soldats soviétiques de triompher de l'envahisseur nazi. Je l'avais planqué dans les buts du baby-foot unijambiste, qui végétait derrière mon armoire. Quand je voulais me battre, je le dissimulais sous ma chemise et je descendais retrouver des garçons de la résidence. Ils avaient des Colt, des Browning, j'étais le seul avec un Tokarev. On m'encerclait en criant que l'URSS était foutue et je mourais presque toujours. L'un de mes adversaires, qui connaissait le nom de Brejnev, me hurlait à la figure qu'il n'était qu'un sale porc et un violeur d'enfants. Grand-Père à qui j'avais répété ces insultes, était devenu tout rouge. Le soir, avant de m'endormir, je refaisais les combats, avec le soutien de milliers de Tokarev. Car Grand-Père insistait toujours sur les réserves inépuisables du peuple russe. Au moment de donner le coup de grâce, je gueulais que Jimmy Carter n'était qu'un minable vendeur de cacahouètes.

Quand mon père m'avait surpris, j'étais en train de canarder ces salauds de Ricains. Mais l'enjeu avait dû lui échapper. J'avais été soulevé de terre, comme si la guerre était entrée dans une nouvelle phase. Il m'avait reposé sur le sol, m'avait arraché le Tokarev et l'avait brisé en deux sur son genou. Il s'y était repris à plusieurs fois, car c'était une arme d'excellente qualité mais les morceaux avaient quand même fini dans le bassin rempli d'eau. Le tout sans un mot. C'est également en silence qu'il m'avait botté le cul, en m'indiquant la direction de la maison. J'aurais préféré être mort, criblé de balles.

Le lendemain, j'étais retourné vers la pièce d'eau pour repêcher les morceaux de mon Tokarev qui flottaient au milieu du bassin. J'avais récupéré la crosse, puis je m'étais mis à bouder. J'attendais une explication. Etait-ce à cause de mon revolver de fabrication soviétique ? Le lendemain, j'avais reçu sa visite dans ma chambre. Un livre ouvert devant moi, je rêvais au lieu de lire. Il s'était assis sur mon lit et il me demanda le titre du livre. Il faisait des efforts, mais je n'avais pas envie de l'aider. En entendant un bruit de frottement sur les draps, je m'étais retourné : il tenait ma crosse. Il avait dû étendre les bras pour se sentir plus à l'aise et sa main droite avait glissé sous mon oreiller transformé en cache d'armes. Il la regarda en faisant la grimace, puis la remit en place. « Pourquoi tu as cassé mon revolver ? — Parce que. » Trente et un ans plus tard, je connais le pourquoi.

Je rouvre son cahier rouge à bandes blanches. En tournant les pages, je comprends mieux certains de ses aphorismes. « Dieu, qui est bon, sait reconnaître les sujets de valeur et les mettre à la place qui leur convient. C'est pourquoi je n'ai jamais entendu parler de lui. » J'imagine qu'il en est l'auteur. Puis il renvoie dos à dos les catholiques et leur messe et les protestants et leur bible. Voilà son verdict final : « Dieu, lui, Tout-Puissant et qui voit tout, n'est pas dupe. Lui ! » Dans quelle crainte vivait-il ? Crainte insoupçonnable, car Dieu était absent de son vocabulaire. Il n'allait jamais à la messe. L'idée même de le voir prier avait quelque chose d'incongru.

Je retombe aussi sur ces mots allemands que mon père recopiait sagement comme un élève qui travaille son vocabulaire. Die Schwester : la sœur. Der Hof : la cour. Fliehen : fuir. Verschwinden : disparaître. Erstaunt : étonné. Zielen auf : viser. Rauchen : fumer. Der Blick : le regard. Das Gewehr : le fusil… Je me rends compte qu'avec ces mots, il aurait pu raconter la scène en allemand. Il les avait donc cherchés dans le dictionnaire, avant de les empiler comme autant de petits cailloux. Tout était là, éparpillé comme les pièces d'un puzzle, dans une langue qui n'était pas la sienne.

20

Un vieillard m'ouvre la porte. Stoglitz a le visage hérissé de barbe et un bandeau lui barre un œil. Il ressemble à un vieux corsaire et se lance dans une explication dont il semble avoir l'habitude. Après son procès, une bande de jeunes l'a rossé à coups de barres de fer. Il ne pouvait pas porter plainte, il avait été déchu de ses droits civiques. Il a l'air au bout du rouleau. J'ai du mal à reconnaître l'ami de mon père, qui l'accompagnait dans les rues de Paris.

Il habite un joli deux pièces près de la Postdamer Platz, au 90, de la Wilhelmstrasse. Il m'explique que la RDA, en 1988, avait décidé de faire un cadeau à ses plus fidèles serviteurs. Des logements de luxe, là où il n'y avait que des terrains vagues, juste derrière le Mur. Il me désigne les aires de jeux en bas de son immeuble.

— Vous voyez le parking. C'est là où Hitler avait son bunker. Ils ont tout déterré pour les travaux. Quand je suis rentré de Paris, j'ai vu les vieux schnocks du Politburo qui visitaient les cellules en repensant à leurs combats de jeunesse. Certains pleuraient. Puis ils ont tout fait sauter avant de recouvrir d'une dalle de béton.

Il ne parle pas de mon père, mais je l'écoute patiemment.

— Six mois plus tard, la RDA cessait d'exister. Je finis mes jours là où l'homme à qui j'avais prêté serment s'est tiré une balle dans la tête. Et tout ça grâce au régime construit sur la haine de cet homme. Comme vous dites en français, c'est la vie.

Je repense à la tombe de mon père située près du banc où il avait passé sa première nuit à Paris.

— Mais vous n'êtes pas venu pour cela. Que puis-je vous servir ?

Sa réserve d'alcool est impressionnante. Il n'a plus le droit de boire et il m'invite à la piller. J'aperçois du Jägermeister, une liqueur que mon père buvait et dont il traîne encore quelques vieilles bouteilles vides à Maulu. J'attends la suite. En guise d'explications, il me tend une feuille de papier. C'est une lettre de mon père datée du 10 janvier 2001, soit deux jours après la lettre d'adieu qu'il m'avait adressée.

« Paris, 10 janvier 2001.

« Monsieur Stoglitz,

« Qui d'autre sinon moi pourrait vous annoncer ma mort ? Si j'en connaissais la date exacte, vous pourriez venir à mon enterrement, incognito, au cimetière Montparnasse. Je vous imagine posté derrière un arbre, attendant que tout le monde s'en aille.

« Avant nos retrouvailles, je m'étais souvent demandé ce qu'était devenu le jeune Allemand, qui m'avait pris par le col pour m'éviter une balle française. Je m'étais renseigné auprès d'un "ami" américain bien informé qui avait retrouvé votre trace. Mais mon intérêt pour un ancien gestapiste passé du côté des rouges avait éveillé sa méfiance et avec ces gens-là, c'est du donnant donnant. J'ai préféré me taire.

« Puis vous êtes entré dans mon cabinet, quarante ans après. Je ne vous ai pas reconnu tout de suite. Vous m'observiez comme si vous étiez venu vérifier une hypothèse. Mais vous attendiez votre heure. Nous avions le temps, vos dents n'étaient pas fameuses. Trente-cinq ans de régime communiste… Vous n'étiez pas le premier Allemand que je soignais, mais vous avez eu une façon de dire “je connais Lyon”, qui m'a encouragé à vous faire la conversation. Vous m'avez interrompu : “Je connais surtout la place Bellecour.” Je vous ai répondu qu'à Lyon, il était difficile de rater la place Bellecour. Votre phrase a mis un moment avant d'arriver à mon cerveau : j'étais penché sur vous, comme vous l'aviez été jadis sur moi. J'ai reposé mes instruments. Mais vous vouliez profiter de votre effet : « Mes dents sont en si mauvais état ? » J'ai renvoyé mon assistante et je vous ai enfin posé ces questions qui me taraudaient depuis si longtemps.

« Aviez-vous accompagné les deux miliciens qui avaient emmené ma sœur ? Aviez-vous assisté à la scène sans intervenir, avant de vous rattraper avec moi ? Vous m'avez répondu que vous n'étiez pas monté dans l'appartement et que vous aviez attendu près du milicien que j'avais tué. C'est la sœur qui va morfler, avait dit un des types. Morfler : vous ne connaissiez pas le mot. Le type avait fait un geste. Vous aviez essayé de savoir où ils l'avaient emmenée. “C'est une histoire entre Français.” Vous avez dit oui pour la sœur, non pour le frère. Là aussi, du donnant donnant, mais ce troc, je lui dois la vie.

« Pourquoi êtes-vous entré dans mon cabinet ? Vous cherchiez peut-être la preuve qu'un jour dans votre vie, vous n'aviez pas été un sale type. Au début, je n'ai pas voulu donner suite. Vous étiez un fantôme, le dernier survivant de ma faute. Mais vous avez dit vouloir m'aider. Vous m'avez incité à chercher. Quelqu'un à Lyon sait peut-être où votre sœur a fini. Sans vous, je n'y serais pas retourné. J'ai interrogé des voisins, qui ne se souvenaient de rien. Je me suis contenté de ce silence. Vous m'aviez encouragé à en parler à mes enfants, mais je n'ai pas trouvé les mots.

« Estelle est morte en 1944 et vingt-trois ans après, une autre Estelle est née. Lui donner ce prénom fut une première erreur. La seconde fut de voir en elle une ressuscitée. Elle m'a dit que je l'empêchais de vivre. Elle habite à cent mètres de l'hôpital, mais en un an elle est venue trois fois. Si au moins elle s'était entendue avec son frère. Quand je les voyais ensemble, je me sentais moins coupable. Mais là aussi, j'ai échoué, ils ne se parlent plus, comme si la culpabilité avait fait son œuvre en silence.

« Un jour, il se peut que vous receviez un coup de téléphone de mon fils. On lui aura remis des photos et des lettres qui le mettront sur la voie de ce que je n'ai pas su lui dire. Elles pourraient le mener jusqu'à vous. Il nous avait surpris, lors d'un de nos rendez-vous. Sans doute s'en souviendra-t-il. Laissez-le parler, voyez d'abord ce qu'il a dans le ventre, de ce côté-là, je n'ai pas de conseil à vous donner. S'il ne fait aucune allusion à Lyon, ne dites rien. S'il part sur une fausse piste, ne le détrompez pas. Cette jeunesse croit tout savoir et ne comprend souvent rien. Je veux qu'il cherche, qu'il s'égare.

« L'idée de votre rencontre n'est pourtant pas pour me déplaire. Je le quitte un peu tôt, vous auriez la chance de le voir plus longtemps. Je vous imagine déjà tous les deux. C'est à vous finalement qu'il doit la vie. Ne parlez pas trop de nous et de nos conversations parisiennes. Je sais que je peux compter sur votre discrétion.

« Une dernière chose. Ne me répondez pas. Je ne voudrais pas que votre lettre arrive après ma mort et que mon épouse, trop affligée, ne fasse la bêtise de l'ouvrir. Mais on reste en contact.

« Docteur Guy Rolin. »

Je relève la tête. Les lèvres du vieil homme tremblent légèrement et il reprend la parole en secouant la tête :

— Je n'étais pas d'accord avec lui. Quand vous m'avez appelé, j'ai d'ailleurs essayé de vous faire comprendre que vous faisiez fausse route. A sa place, je vous aurais tout dit, mais je n'en ai pas rencontré beaucoup dans son genre. Il aurait fait un excellent espion, je le lui disais parfois. Il prenait cela au sérieux, rien ne lui faisait plus plaisir.

— Il me l'avait répété.

— Cela venait de moi.

— De quoi parliez-vous ?

— Vous avez lu la lettre. Mais ne vous imaginez pas de grandes choses. Nous parlions de la vie.

— Une vie que vous lui aviez sauvée.

— Il avait aussi sauvé la mienne. J'étais juste à côté de ce milicien qu'il a abattu, j'aurais pu être à sa place.

— Comment s'appelait ce milicien ?

— On ne les connaissait que par leurs prénoms. Je crois que c'était Raymond, Pierre ou Jean. C'est la première fois que je les voyais, ils venaient d'arriver de Marseille, ils voulaient continuer à se battre. Nous pouvions leur donner des armes, de l'essence, j'étais venu en discuter avec eux.

— De quoi vous occupiez-vous ?

— J'étais à la section I de la SD. Section administrative de la Gestapo. Vous aviez les transmissions, la gestion du personnel, du courrier, des caisses, je m'occupais des automobiles. Avant la guerre, je n'étais qu'un jeune mécanicien. Je travaillais sous les ordres de Kassler, vous connaissez ?

— Non.

— Avec son caissier Kartschewski, il a filé avec des dizaines de millions en pièces d'or. Il est parti le 25 août, un jour avant nous. Ce jour-là, j'étais venu voir la Milice pour les véhicules et l'essence. On fumait une cigarette. J'écoutais ces types, ils y croyaient encore. Et puis le coup de feu est parti.

Stoglitz se redresse dans son fauteuil. Il attrape derrière lui une photo qu'il avait dû préparer. Mon père est assis derrière un bureau, les mains posées à plat sur la table. Je reconnais le sous-main dont m'avait parlé monsieur Maillard. Il baisse la tête, comme s'il attendait le coup de grâce. Il n'a plus rien du premier communiant bien habillé.

— Je lui avais demandé de fixer l'objectif, il avait refusé.

Stoglitz me propose d'emporter la photo, mais elle est trop triste.

— Vous trouvez ?

Il regarde à nouveau la photo.

— Vous avez raison, d'ailleurs, cette nuit-là, il a essayé de se tuer.

Stoglitz touche ses poignets : il avait retrouvé mon père au petit matin, évanoui dans son sang. Il avait fait ça avec la plume d'un encrier. Stoglitz l'avait soigné avec des bouts de rideau, avant d'aller lui chercher à manger à la boulangerie de la place Bellecour. Il n'y avait déjà plus rien dans leur immeuble. Il a voulu le ramener chez lui, mais mon père refusait de bouger. Puis il est tombé dans les pommes. Il l'a réveillé avec des gifles et un peu d'alcool, qui lui restait. Mon père s'est mis à vomir sur le bureau. Stoglitz lui a proposé de venir avec lui : ils ne pouvaient pas rester là, des miliciens rôdaient dans le coin, il y avait aussi des résistants. Mon père le regardait sans comprendre. Stoglitz a commencé à s'énerver et l'a basculé sur son épaule. Il pleurait, il ne voulait pas revoir sa mère. Alors qu'ils entraient dans l'immeuble de la rue Jarente, il l'a supplié de l'emmener, il acceptait de le suivre. Mais

Stoglitz a frappé à la porte, l'a déposé par terre et il est parti avant que la porte ne s'ouvre. Mon père l'a appelé, mais la mère ou le grand-père ont dû finir par le trouver, il ne savait pas, il avait déjà filé.

Je lui demande si je peux récupérer la lettre de mon père. Il m'en a préparé une photocopie. Un an après l'avoir reçue, il était venu à Paris mais il n'avait pas trouvé sa tombe à Montparnasse. Il s'était dit que mon père, finalement, n'était peut-être pas mort.

Il rajoute une dernière image où il pose en civil, chemise blanche boutonnée jusqu'au col, la raie bien dégagée à droite. Elle date de 1939, il s'apprête à partir à la guerre et il sourit. Il tapote la photo comme pour me persuader qu'il s'agit bien de lui. Il n'a plus de parents, plus personne. Toute sa vie, il a eu peur de mourir et maintenant, il est le dernier survivant.

— Vous pourriez, de temps à autre, y jeter un coup d'œil ?

— Vous voulez dire, vous regarder ?

— Oui, pour vous, ce n'est pas grand-chose.

Sur la photo, il a l'air heureux. Il ne peut pas savoir ce qui l'attend. C'est une photo d'avant les millions de morts.

Il glisse l'image dans une enveloppe qu'il me remet en la tenant à deux mains comme les Chinois. Je bredouille une vague promesse.

— Merci de ne pas me poser de questions sur ce que j'ai fait pendant la guerre.

Elles me brûlent pourtant les lèvres. Où était-il, dans quelle unité servait-il, avant d'arriver à Lyon ? Il suffirait de lui montrer une carte d'Europe. Ukraine ? Biélorussie ? Il n'aurait qu'à poser son doigt. J'essaie de croiser son regard, mais il fixe le ciel, puis il se remet à parler de lui comme s'il avait deviné mes pensées :

— J'ai perdu en 1945. J'ai perdu en 1989. Mais on peut choisir le mauvais camp et ne pas être tout à fait mauvais.

Il détourne à nouveau le regard. Avait-il évoqué avec mon père ses agissements ? Lors d'une permission, un policier allemand des Einsatzgruppen avait pendu puis brûlé les vieilles peluches de sa petite sœur. Ce fut la seule confession de ses crimes.

— Votre père serait fier, vous avez réussi à me retrouver et à découvrir la vérité, sans pourtant lui en vouloir pour ce silence. N'est-ce pas ?

Je hoche la tête.

— C'est bien, c'est bien, répète-t-il, presque attendri.

Pour un peu, il m'aurait pris dans ses bras. Mais il se retient et j'en profite pour m'esquiver.

21

Je traîne dans le hall d'entrée. Sur l'interphone, Stoglitz s'est contenté, par prudence, d'un numéro : 0802... Une salle de taekwondo occupe le rez-de-chaussée. Le décor est sobre. Rien sur les murs et sur le sol, juste un alignement de tapis bleus. Une affichette vante les mérites de ce sport qu'on peut pratiquer dès l'âge de quatre ans. Hitler et son bureau de maître du monde pour en arriver là : un art martial coréen au rez-de-chaussée d'un HLM de luxe pour momies est-allemandes.

Hitler voulait durer 1 000 ans, il n'a laissé que du néant, rayé de la carte, effacé jusqu'à son dernier refuge sous terre, qu'on a enseveli sous des constructions communistes. Sa Wilhelmstrasse est devenue une rue comme les autres. On y fait du taekwondo, on y mange chinois et l'on y passe à vélo en sifflotant. Un jour viendra où personne ne saura plus ce qui a eu lieu ici. Cette disparition des choses me renvoie à la disparition de mon père, à celle de sa sœur, à l'effacement qui a régné en maître dans ma famille.

En regardant à nouveau la photo de Stoglitz, je m'aperçois qu'il a rajouté le portrait de mon père que j'avais refusé de prendre. S'il avait réussi son suicide, cela aurait été sa dernière photo. Je ne savais pas qu'on pouvait se suicider aussi jeune. Ce 26 août 1944, j'ai failli mourir avant même d'être né.

Ses poignets n'en gardaient aucune trace, mais un jour, il avait remarqué sur mes mains d'étranges petits points blancs. J'avais encore fait une crasse à Estelle en racontant des horreurs sur son compte à son fiancé. Ce petit jeu avait conduit à leur rupture, mais elle n'avait rien deviné. En la voyant si triste, je m'étais puni avec une cigarette, ignorant que le feu laissait ces traces blanches. Ne recommence pas, m'avait dit mon père, soudain plein de sollicitude.

En rapprochant les deux photos, je reconstitue la scène au siège de la Gestapo. Stoglitz à gauche, mon père à droite, qui baisse la tête. Il vient de perdre sa sœur et voilà qu'on le prend en photo. Je repense à ce qu'il m'a écrit sur ces images imposées, où l'on ne voudrait jamais avoir été. Lui aussi avait eu son Allemand, comme Jean Moulin et son major von Gutlingen. Voilà peut-être pourquoi il m'a envoyé la photo nº 2.

A présent, j'aperçois la Potsdamer Platz. Je suis déjà venu ici, début 1991, pour filmer l'ancien cœur de Berlin. Estelle organisait à Paris un colloque sur l'ex-Allemagne de l'Est et j'avais promis de lui rapporter des images de la ville réunifiée. Il n'y avait encore qu'un immense terrain vague, des talus, des arbres maigres et quelques petites filles qui se poursuivaient en riant. C'est ça le nouveau Berlin ? Estelle avait été déçue.

« Quand je les voyais ensemble, je me sentais moins coupable. » Cette phrase de sa lettre me revient en mémoire. Où est passée ta sœur ? me demandait-il souvent, et quand j'étais introuvable, il lui posait la même question : où est passé ton frère ? Si l'un de nous deux manquait, c'est comme s'il n'y avait personne. La sœur et le frère, le tandem reconstitué, pour effacer la faute.

En 1977, il nous avait offert à chacun un album de photos pour Noël. On nous voyait ensemble, ma sœur et moi, à Maulu. Sur l'une d'elles, je tiens à peine debout et je m'accroche à un petit arrosoir en plastique jaune. J'arrose des plates-bandes. Je suis obnubilé par l'objectif et je m'acquitte très mal de ma tâche tandis qu'Estelle rince en riant des radis qu'elle vient de ramasser. En arrière-plan, on aperçoit le tronc d'un arbre trois fois plus haut que moi. C'est l'époque des gros travaux à Maulu. On défriche. On débroussaille. On ensemence la forêt vierge. Mes parents sont des pionniers et avec Estelle, nous sommes les enfants insouciants de ces pionniers.

Quelques années plus tard, toujours à Maulu, j'avais planté mes dents dans le bras de ma sœur, une morsure qui avait déclenché ses pleurs et une réaction imprévue de mon père. Il avait décroché un fouet acheté chez un brocanteur, dont je n'imaginais pas qu'il pourrait un jour servir à fouetter. Il m'avait grignoté mètre après mètre, jusqu'à ce que le fouet me cingle les jambes, plusieurs fois, comme s'il était devenu fou. Ne t'avise plus de toucher à ta sœur ! Aucune photo de cette scène. Ce fouet est encore à Maulu et quand je le revois, je repense à sa fureur démesurée dont j'ai aujourd'hui enfin l'explication.

La Potsdamer Platz est devenue un carrousel de marques. Samsung, Intel, Sanofi-aventis, Mercedes, Sony, Ritz-Carlton, Marriott, Häagen-Dazs… Tout le monde a voulu sa part du gâteau et les tours viennent se ficher en coin pour gagner de la place.

En 1990, c'est dans un autre Berlin que mon père m'avait entraîné. Il caressait les murs fissurés par les balles, séquelles du IIIe Reich. Plus tard, avec ma caméra, j'avais zoomé sur les impacts, intercalant le plan d'un cycliste surpris dans le crépuscule de la Potsdamer Platz, en train de tourner en rond. Sur son pédalage fatigué, j'avais plaqué Moussorgski et ses *Tableaux d'une exposition* aussi gais qu'une comptine pour neurasthéniques. Le tout avait abouti à une ballade bien cafardeuse sur une ville liquidée où le temps faisait du surplace. Ce chef-d'œuvre impérissable, projeté en point d'orgue des deux journées qu'Estelle avait organisées, avait été accueilli avec une indifférence polie. Un silence qui me permit d'entendre le commentaire que mon père avait glissé à son voisin :

— Pas sûr que l'Office de tourisme de Berlin aura envie de l'acheter.

Je m'étais senti trahi, car ce Berlin, c'était aussi le sien, et j'avais exigé des explications.

— Non, c'est très bien, pour un premier essai.

Mais il n'avait pu s'empêcher de rajouter :

— Bien sûr, l'ambiance…

— Tu ne peux pas comprendre Berlin, sa tragédie, sa mélancolie.

— Tu as raison, je ne peux pas comprendre.

Je revois encore son regard posé sur moi, qui n'avais rien compris.

Je tourne sur la Potsdamer Platz comme mon cycliste. Les milliards du Sony Center ont eu raison du no man's land où les petites filles se poursuivaient en riant. Je repense à cette auberge située au sud de la ville, où mon père avait tenu à m'emmener. C'était là juste en face qu'en 1916, un petit caporal s'était retrouvé en convalescence, dans un hôpital militaire. A l'époque, Adolf Hitler s'était contenté de marquer son passage sur une table d'auberge où la signature était encore visible, gravée à la pointe du couteau. La bière avait commencé à couler à flots, tandis qu'il passait le doigt sur chaque lettre du nom du Führer.

— Si Hitler avait succombé à ses blessures, il n'y aurait eu ni guerre ni Shoah.

Ni miliciens rue Jarente, aurait-il pu ajouter. Pas de coup de fusil, pas de sœur embarquée, pas de mensonge ni de silence.

— Est-ce que tu sais que le soldat anglais qui a blessé Hitler en 1916 a déclaré plus tard qu'il avait glissé au moment de tirer ?

J'ignorais que le sort du monde avait tenu à une glissade.

— Et que Reinhard Heydrich, l'organisateur de la Solution finale, avait fait installer un musée juif avec des pièces plongées dans l'obscurité ?

Je l'ignorais aussi.

— Il y emmenait ses visiteurs qui ne se doutaient de rien, et là, vlan !, ils se retrouvaient agrippés aux épaules par des squelettes actionnés par un mécanisme secret.

Puis il m'avait raconté une histoire.

— Si tu la connais, je te paie une bouteille de champagne.

Il était déjà un peu ivre. Comme par hasard, il s'agissait d'un frère et d'une sœur. Des partisans russes, qui s'étaient juré que si l'un d'eux venait à mourir, l'autre rapatrierait son corps dans leur village. La sœur était tombée dans une embuscade et le frère l'avait enterrée en pleine forêt, au pied d'un arbre, avant de reculer avec son armée. Même s'il n'y avait que ça, des arbres à perte de vue, il avait essayé de se repérer. Deux ans plus tard, les Russes étaient repassés dans la région et le frère avait retrouvé l'arbre et la tombe. Il avait volé de l'essence pour incendier la terre gelée qui avait tellement bien flambé que le feu avait gagné les arbres. Le corps de sa sœur avait un peu brûlé. En coupant un arbre, il avait réussi à fabriquer un cercueil, et il avait déserté pour rentrer dans son village. A ce moment, intervenait un loup qui se jetait sur eux, mais le frère lui échappait en se mettant à l'eau avec le cercueil. Il se couchait dessus et en se laissant porter par le courant, il arrivait jusqu'à son village pour accomplir sa promesse.

Prosit, mon fils ! Mon père avait le visage rouge et la voix pâteuse. Où était-il allé pêcher cette histoire ? Il n'en avait plus la moindre idée.

— Mais tu ne la connais pas, hein, tu l'as jamais entendue, celle-là ?

Je dus reconnaître que non.

— Ben, alors, désolé pour le champagne.

Etait-elle vraie ? Peu importe, l'essentiel, c'est qu'avec cette histoire de sœur à enterrer, il ne fut jamais aussi près de me dire la vérité. Prosit, mon fils ! Il avait dû s'appuyer sur moi pour regagner la voiture et nous avions commencé à tanguer comme deux vieux copains. Je venais juste d'obtenir mon permis et j'avais roulé lentement en jetant parfois un coup d'œil dans le rétroviseur. Il ronflait sur la banquette arrière, redevenu aussi vulnérable qu'un enfant.

Une employée d'un office de tourisme coincé dans les souterrains de la place m'a retrouvé le nom du village. Beelitz-Heilstätten. Elle m'apprend que l'hôpital est à l'abandon et qu'il a servi à Roman Polanski pour *le Pianiste.* « Il y a reconstitué le ghetto de Varsovie. » Quant à l'auberge, elle a fermé : rideau sur le patronyme du Führer.

Sous la verrière du Sony Center, je tombe sur Marlène Dietrich, dont quelques images muettes tremblent sur un écran géant. Elle retire ses gants, les laisse tomber négligemment, comme au bon vieux temps. L'Ange bleu hante à nouveau sa ville, coincée entre la Cinémathèque allemande et un Cinemax en 3D qui offre au choix des films sur les océans, les dinosaures ou des aventures africaines. Un soir, mon père avait aperçu l'ex-femme fatale, qui traînait hagarde sur l'avenue George-V, près du restaurant Le Vieux Berlin. Ici, elle est encore en pleine forme, d'une lenteur provocante. Elle soulève sa voilette, indifférente au temps, et m'envoie sa fumée à la figure… Puis elle disparaît, remplacée par une réclame pour une manifestation de cerfs-volants.

Un restaurant australien propose des bières à la figue de barbarie. Je m'installe à une table et je relis la lettre que mon père a envoyée à Stoglitz. Le 26 août 1944, s'est noué un lien assez fort pour qu'ils aient voulu se retrouver. Puis mon père a mené son enquête, il est revenu au 13, rue Jarente, sans visiblement rien apprendre de plus.

Je paie ma bière. La température a chuté et je regrette de ne pas avoir pris les bottes de mon père. Mes pensées repartent vers ses derniers jours. La morphine le faisait délirer et parcourir le monde à toute vitesse. Il avait commencé par Lyon, où il me tirait des penaltys. Peut-être un souvenir du dernier match regardé ensemble dans sa chambre d'hôpital. Puis il avait filé à Berlin, au Tiergarten, où il s'était mis à jouer Blandine et les lions. Il mélangeait Lyon avec Berlin tout en regardant fixement devant lui. Des bribes d'allemand lui étaient aussi revenues. Sur le moment, cela m'avait paru un peu étrange. Raus ! Raus ! (Dehors ! Dehors !) Schneller ! Schneller ! (Plus vite ! Plus vite !) Il se vidait en vrac de cette enfance dont j'ignorais encore les fantômes. Etait-ce les mots hurlés par Stoglitz pour le sortir des pattes des miliciens ?

J'ai décidé d'appeler Maman que je néglige depuis le début de toute cette histoire. Mais je n'ai pas le temps de lui annoncer que je suis à Berlin, elle s'inquiète pour mon appartement. Je n'ai rien fait pour les montants en bois des fenêtres, qui commencent à se détacher.

— Demande un devis. Après, l'eau va s'engouffrer et tout sera fichu.

Avec elle, tout est souvent fichu. Elle finit par me parler d'un DVD reçu par la poste. Elle me le montrera la prochaine fois.

— Qu'y a-t-il dessus ?

Elle me répète, la prochaine fois.

Quelques jours avant sa mort, mon père avait demandé à un ami de ne pas oublier le prochain anniversaire de Maman. « Le 5 mars. Vous vous souviendrez ? » Puis il avait raccroché et m'avait regardé : « Et toi, tu t'occuperas un peu d'elle. » Dernière recommandation donnée doucement, comme pour ne pas accorder trop d'importance à sa mort. J'avais promis, mais je n'ai pas toujours respecté cette promesse et aujourd'hui, j'essaie de prolonger notre conversation.

— Qu'est-ce qu'il y a dessus ?

— Cinq enfants qui sont paraît-il mes petits-enfants. Ils défilent en prononçant leur prénom et en me souhaitant une bonne année. J'ai dû repasser le DVD, car tu sais que leurs prénoms sont un peu compliqués.

— Et Estelle ?

— Il ne faut pas rêver. Qu'est-ce que tu en penses ?

Il n'y a peut-être pas de hasard. Chaque chose en son temps, écrivait mon père dans sa première lettre.

— Tu sais, je suis à Berlin.

— Ah bon, tu aurais pu prévenir. C'est pour le festival ? J'ai vu un reportage à la télé.

— Non, ce n'est pas pour le festival. Je ne peux pas t'expliquer.

— Plus tard ?

— Oui, plus tard.

— Et l'évier ? Est-ce que tu as resserré le joint ? Un jour, tout va tomber et tu vas avoir des inondations.

Elle dit parfois qu'avec mon père, l'apocalypse était toujours sûre : il a trouvé une rivale. Après avoir raccroché, je repense à ce goût pour le pire que cultivait mon père. *Il ne faut jamais baisser la garde. Chaque erreur peut être fatale. La moindre distraction et tout est foutu.* Je l'écoutais avec un petit sourire, comme on écoute les propos d'un fou.

22

J'ai à nouveau étalé les six photos sur mon bureau. Sa sœur et lui, le jour du bombardement de Lyon. Le fusil du grand-père. Werner Stoglitz. Les otages de Rillieux-la-Pape. La cour de l'école. Aucune photo n'est là par hasard, avait-il écrit.

Photo nº 1 : la première chose, cette fois, que je remarque, c'est le fusil, l'arme du crime. Mais il y a aussi le grand-père qui lui sauve la vie avec les FTP. Quelle est sa réaction lorsque mon père revient à la maison, après sa nuit passée à la Gestapo ? Je n'ai pas réussi à savoir.

Photo n º 2 : j'avais noté la distance qui sépare Jean Moulin du feldkommandant. Mais ce qui avait sans doute frappé mon père, c'est la cohabitation de deux ennemis. Un Français et un Allemand, comme lui et Stoglitz. Moulin, c'est aussi un homme dont le destin se brise à Lyon et qu'il a peut-être croisé le jour fatidique.

Photo n º 3 : Il avait placé Stoglitz au centre. L'ordre, m'avait-il écrit, n'est pas anodin. Aucune précision sinon son nom. Il me fallait ce nom, sans lui, je n'arrivais à rien.

Photo nº 4 : juste derrière Stoglitz, la dernière photo de ma tante, où mon père apparaît dans son costume « d'enfant de Dieu ». Un jour de mort, le bombardement de Lyon, mais sous ce déluge de feu, il avait réussi à ramener sa sœur vivante.

Photo n º 5 : Les sept cadavres de Juifs détenus par la Milice. Comme une image par défaut de la mort de ma tante, supprimée elle aussi par les miliciens qui avaient fusillé ces sept Juifs.

Photo n º 6 : la cour de l'école. C'est là que tout a commencé et que tout a fini. Rien à ajouter, sinon le vide de cette cour. Comme si l'existence de mon père ne s'était construite que sur des absences et ce vide.

A côté de cet ensemble, je dépose la photo de la place Bellecour, au siège de la Gestapo. Je rajoute également l'image de Stoglitz, que je lui ai promis de regarder. C'est ma maigre contribution, une petite partie de l'iceberg qui a refait surface.

Je fais part de mes conclusions à Léa qui s'étonne que je ne sois pas retourné à Lyon.

— Tu n'es même pas allé dans cette école où le milicien a été tué. Tu pourrais au moins te rendre compte, poser des questions, d'autres personnes sont peut-être au courant.

— Mais mon père a déjà mené ses propres recherches. Sans succès. En plus, les gens ont dû mourir.

— Et alors ?

Léa me pousse à entreprendre un nouveau voyage.

23

Depuis mon premier passage, les prix à l'hôtel Perrache (ex-Terminus) n'ont pas bougé. Le réceptionniste n'a pas non plus changé, mais il ne me reconnaît pas et se contente de préciser que le dernier étage où se trouve ma chambre est bien le plus calme. C'était l'étage de la torture, ai-je envie de lui répondre.

Ma nuit a pourtant été excellente, seulement troublée par un rêve dont j'ai eu du mal à émerger. J'assiste à une réception à Cannes après la Palme d'or décernée à un réalisateur allemand. Mathieu Amalric est présent : trois mois après la mort de mon père, j'ai été membre d'un jury et j'ai bataillé pour qu'un film, *Amour d'enfance*, où il avait le rôle principal, obtienne le prix. Il était question d'un fils venu de la ville, qui s'acharnait à reprendre la ferme de son père. L'identification n'avait pas été difficile. Pour la sortie du film, j'avais rédigé un portrait d'Amalric, qui était venu chez moi et avait répondu à mes questions assis sur un cantou, un meuble espagnol dur et incommode, que mon père m'avait donné. Malgré l'inconfort, il n'avait pas voulu changer de place, fasciné par ce meuble. Le rêve se prolonge sur le cinéaste allemand qui a reçu la Palme d'or. Il a visiblement pris un coup de vieux, car il se retrouve assis dans un fauteuil roulant dont on m'a confié la charge. Nous avons quitté la réception pour un corridor plongé dans l'obscurité et il me demande d'appuyer sur des boutons qui allument à chaque fois un pan de couloir. Quand j'en rate un, il me donne une petite tape sur les mains. Nous arrivons devant une chambre dont le sol est jonché d'éléments provenant d'un puzzle, et sur lequel est penché un enfant. Seule une vitre nous sépare et pourtant, il ne nous voit pas. Le vieil homme tend la main. Une larme coule sur sa joue.

Ce rêve que je fais dans la ville de mon père me paraît presque trop évident. Et pourtant, il m'échappe, comme tous les rêves.

A huit heures du matin, je suis reçu par le jeune directeur-adjoint du lycée jésuite Saint-Marc. Au téléphone, je lui ai expliqué mes raisons et il n'a fait aucune difficulté. Mais devant moi, il avoue d'emblée son ignorance.

— Pour moi, la Milice a été dans les murs, un point c'est tout. Je sais aussi qu'une Française, Marguerite Flavien, est tombée par la fenêtre. Il y a une plaque au 10, rue Sainte-Hélène.

Je lui apprends que la plaque est fausse.

— Il y a marqué « assassinée par la Gestapo ». Mais elle a été arrêtée par des miliciens français et s'est suicidée, de peur de parler.

— Comment le savez-vous ?

— Un historien a constaté la disparition de cette plaque il y a quelques années. Il a écrit à la mairie de Lyon qui l'a assuré qu'on en refaisait une nouvelle rétablissant la vérité. La plaque est bien revenue, mais à l'identique. Ce sont toujours les Allemands qui ont assassiné Marguerite Flavien.

Grâce à mon père, je suis devenu une sorte de spécialiste. Il semble que Lyon, capitale de la Résistance, ait occulté ses miliciens arrivés pourtant par centaines dans ce lycée. Six cents bonhommes avec armes et bagages, prêts à en découdre, cela ne passe pas inaperçu. Mon père avait dû suivre cette installation de sa fenêtre. Le 6 juin 44, pendant que les Alliés débarquent en Normandie, la Franc-Garde déménage ici, dans la chapelle, les tables et les chaises des salles de classe, aidée par d'anciens élèves jésuites. L'un d'eux est en tenue de milicien.

Le directeur-adjoint me fait admirer la chapelle et ses tableaux dignes d'un musée. Superbe exemple de la Contre-Réforme. On se croirait à Rome.

En sortant de la chapelle, nous débouchons sur une sorte de débarras. A l'époque, un passage permettait de communiquer avec l'annexe Catelin. C'est là, dans cette annexe, que le service de renseignements de la Milice, dirigé par Touvier, avait pris ses quartiers. Le bâtiment, aujourd'hui, dépend du collège Jean-Monnet. Nous cherchons un accès, mais tout est condamné.

Il m'emmène ensuite dans la cour où j'essaie de repérer la façade arrière de l'immeuble de mon père. Le 13 rue Jarente se situe à égale distance entre le préau de l'annexe Jean-Monnet et la cour de ce lycée occupée désormais par un parking, le foyer des élèves et le bâtiment des terminales. Le milicien est tombé quelque part par ici, je suis sur la scène du crime. Au quatrième étage où habitait mon père, on aperçoit deux fenêtres. C'est de l'une d'elles qu'il a tiré.

Sur le côté nord de la cour, on se fait ouvrir une porte basse qui donne sur des souterrains et les coulisses d'une salle de spectacle construite en 1944. Durant la guerre, toute construction devait prévoir un abri antiaérien. Mais on a cru longtemps que la Milice avait torturé ici, manière commode de refouler dans les sous-sols des pratiques qui eurent lieu dans les salles de cours actuelles. Nous commençons à déambuler tête baissée dans ce dédale de pièces bétonnées. Sur les murs, des additions et des multiplications inscrites à la craie. J'en note une au hasard : 424 + 46 + 22 = 492. Les cours ont été assurés jusqu'à l'arrivée de la Milice. J'imagine les bousculades. Les chuchotements. Les élèves qui tiennent des bougies. Le professeur qui essaie de rétablir le calme. Des numéros de classe, 6^{e}1, 6^{e}2, sont encore visibles. On a muré une partie de ces sous-sols qui à l'époque étaient bien plus étendus. Est-ce là qu'ils ont amené ma tante ? Je voudrais rester seul, mais le jeune adjoint, couvert de poussière, me fait signe qu'il a un autre rendez-vous.

Je suis moi aussi attendu. Monsieur Varnet dirige l'annexe du collège Jean-Monnet, où opéraient Paul Touvier et ses sbires du renseignement. Les deux collèges communiquaient, la sœur de mon père a donc pu y être emmenée. Il me désigne l'ancienne loge, à gauche en entrant, qui servait au corps des gardes : elle est réservée aujourd'hui aux services de l'entretien et à la visite médicale. Le bureau de Touvier se trouve juste derrière, au rez-de-chaussée, toujours sur la gauche. Un bureau comme les autres, de dimensions modestes, que la conseillère d'orientation a récupéré. Puis il me conduit au premier étage jusqu'au placard à balais où l'on enfermait les prisonniers masculins. Un trou à rats, à peine un mètre sur trois. La chaleur est suffocante et le plafond est très bas. En m'avançant, mon front heurte une poutre.

Ce placard fut l'antichambre de la mort pour les Juifs de Rillieux-la-Pape dont mon père parlait sur la photo. En visionnant un documentaire, j'ai appris que ce jeune Juif inconnu, qui chantait l'air de la Tosca, a été jeté ici le lundi 26 juin 1944. Il y a rejoint un certain Goudard, arrêté le mercredi précédent, et qui avait déjà subi plusieurs séances de torture entre les mains de Gonnet, l'adjoint de

Touvier. Goudard était dans un sale état. « Je me méfiais de ce Juif et il se méfiait de moi », témoigne-t-il dans ce film. Mais le Juif l'avait aidé à s'asseoir, lui avait essuyé le visage et lui avait expliqué la raison de son arrestation : les miliciens voulaient mettre la main sur les bijoux de sa mère qui avait disparu. Il servait de monnaie d'échange. Goudard est le premier à donner une indication sur ce Juif anonyme. Pour ma tante, il n'existe aucun témoignage.

Elle a disparu le 26 août. Ce jour-là, les prisonniers de l'impasse Catelin, une quarantaine d'hommes et de femmes, ont déjà été relâchés. D'après Henri Jeanblanc, capitaine de l'Armée secrète à Saint-Etienne, acheminé à Lyon le 6 juillet, les détenus furent libérés les 21 et 22 août. Après cette date, ils se retrouvent à trois, le lieutenant Pialat, Jeanblanc et sa femme. Avec la complicité de la secrétaire de la Milice, Jeanblanc obtient des laissez-passer et s'enfuit le 25 août. Le lendemain, il ne reste donc plus aucun prisonnier et les lieux ne sont plus occupés que par des miliciens livrés à eux-mêmes, qui ne songent pour la plupart qu'à remonter vers l'Allemagne. Comme me l'a raconté Stoglitz, certains d'entre eux ont l'accent : le débarquement en Provence a eu lieu, ils viennent de fuir Toulon et Marseille.

Le bureau du tortionnaire Gonnet (aujourd'hui, la salle 10) était situé juste en face du placard à balais. Deux mètres à peine les séparent. On extirpait les prisonniers qui tombaient aussitôt entre les mains de Gonnet. Dans un angle de la salle, je remarque la présence insolite d'un chauffe-eau et d'un lavabo qui, selon mon guide, pourraient bien être des vestiges. La salle est réservée à l'enseignement d'allemand et sur un mur, une affiche vante la vitalité, l'humour et la diversité germaniques.

Le directeur tient à me montrer son appartement de fonction, situé au deuxième étage. Il est en proie à d'étranges cauchemars et voudrait savoir qui l'occupait. Je suppose qu'il s'agissait des membres du 2e Bureau. Tandis qu'il va dans la cuisine nous chercher à boire, je me précipite vers la fenêtre de son salon qui donne sur la cour. J'ai toujours en tête l'immeuble de mon père, mais dans ma précipitation, je renverse une gigantesque plante verte et un peu de terre tombe sur le tapis. J'ai beau la remettre d'aplomb, mon hôte s'en est rendu compte. Mais c'est son chat qui prend tout et sans rien dire, je regarde l'animal se faire engueuler.

En le suivant jusqu'au sous-sol, j'apprends que son annexe va bientôt être reconvertie en crèche. Le bureau de « Monsieur Paul » va donc être remplacé par une aire de jeux, une zone d'éveil.

Les sous-sols renferment l'abri antiaérien de Touvier et de ses hommes. Tout est en place, prêt à resservir : les bancs en bois, encadrés par de solides poutres en V, un absorbeur de CO_2 de la marque Nessi (fabriquée à Montrouge) et tout un réseau de tuyaux qui conduit jusqu'à un vélo encore en état de marche. Le directeur grimpe sur la selle et commence à appuyer sur les pédales, ce qui provoque l'oscillation d'une aiguille. L'air s'engouffre dans la tuyauterie. Au-dessus de nos têtes, un soupirail donne sur la rue Jarente, mais personne ne peut soupçonner notre présence. Des pas résonnent sur le trottoir où j'aperçois des jambes de femme qui marchent à l'air libre. Un instant j'imagine que c'est la guerre, que je suis caché. Tandis qu'il fait tourner les pédales, le directeur se lance dans une évocation de son père, désigné Juste pour avoir donné ses papiers à un Juif pendant la guerre.

— Il s'appelait Pierre Wasjbrot.

Je hoche la tête, mais je n'arrive pas à m'intéresser à son père. J'ai bien assez du mien. De l'air frais circule dans la pièce. Je prends congé du directeur qui continue à pédaler.

Direction la Bibliothèque de la Part-Dieu. Je voudrais savoir à quoi ressemblait Lyon, le 26 août 1944. Jusqu'à quelle date les miliciens sont-ils restés ? Mais un inspecteur de police très serviable a brûlé les archives de la Milice lyonnaise dès le mois de septembre 1944. Une documentaliste me conseille *Lyon Républicain* et *Le Nouvelliste*, les deux journaux collaborationnistes qui au mois d'août ne s'étaient pas encore sabordés.

Le 12 août, la Milice s'insurge contre les rafales de mitraillettes lâchées chaque nuit par des véhicules qui passent rue Sainte-Hélène. Elle ne dit pas un mot du dernier convoi de Juifs partis de Lyon la veille, avec 650 personnes à son bord. En raison des combats, il ne parvient pas jusqu'à Drancy, mais il est détourné vers l'Est et atteint Auschwitz le 22 août. Ma tante n'est donc pas partie par un convoi. A partir du 15, *Lyon Républicain* garde un silence pudique sur les activités de la Milice. Je relève tous les noms des morts indiqués, entre le 26 et le 30 août, dans le registre nécrologique. L'âge, l'heure et le lieu du décès sont soigneusement reportés. Je remplis deux pages de cahier. Je note aussi les morts par noyade (très fréquents à l'époque), les vols (d'œufs, de voitures, mais aussi après bombardement), les attaques à main armée de percepteurs, les meules de blé incendiées. Tout un passé dont mon père avait peut-être un vague souvenir, mais qui dormait dans sa mémoire.

Le 26 août, jour de la disparition de ma tante, ordre est donné de camoufler ses lumières entre 21 h 26 et 6 h 25. Le même jour, au marché de la Guillottière, on ne trouve plus que des fleurs. Pour se procurer des fruits, la seule adresse est le marché du quai Saint-Antoine, où dix-sept producteurs ont réussi à se rendre malgré les difficultés de transport. La ville où mon père survit ces jours-là est au bord de la rupture. La rubrique la plus lue est le carnet de la ménagère, avec sa liste rébarbative de tickets de ravitaillement.

A partir du 20 août, les articles sont à la gloire des Lyonnais des siècles passés. On évite le présent. Dans *Le Nouvelliste* du 27 août, on vend, place des Terreaux, une luxueuse pension de famille. Des profiteurs qui veulent se mettre à l'abri avant l'arrivée des Alliés ?

Dans le *Lyon Républicain* du même jour, un chroniqueur qui signe « Interim », se réjouit du bienfaisant orage qui s'est abattu sur la ville : « En cuisant dans la chaleur, on se demandait si on n'allait pas finir par sortir tout nus. Les salades ont connu un regain de verdeur. » Le 26 août, il faisait donc très chaud, mais un orage a éclaté. Etait-ce après le coup de feu ? Peut-être. Les miliciens et les Allemands n'auraient pas été dehors dans la cour. Ou bien ont-ils profité de la « bienfaisante » fraîcheur provoquée par l'orage ? Le 29 août, à 15 heures, des funérailles collectives pour les victimes civiles de la guerre sont organisées dans la chapelle de l'hôpital Edouard-Herriot. Ma tante est une de ces victimes, mais son nom est-il prononcé ? Mon père était-il présent ? Il semble qu'on ait surtout célébré les victimes des bombardements américains. Les miliciens ont encore les mains propres.

Difficile d'avoir la liste de tous les miliciens présents rue Sainte-Hélène. Plus d'archives de la Milice, mais pas de mains courantes non plus. Comme par hasard, la police lyonnaise les a fait disparaître. Quant aux RG, ils n'ont transmis que des dossiers expurgés, m'explique-t-on aux archives départementales où j'ai demandé à consulter toutes les pièces concernant l'épuration lyonnaise. Le second procès Touvier, en 1993, n'a fait remonter à la surface qu'un petit nombre de noms et de surnoms : Henri Gonnet, Marin, Armand, Jo la Terreur, la Puce, le Navet qu'on avait sorti de prison où il purgeait une peine à perpétuité pour avoir assassiné sa tante à coups de fer à repasser. C'est face à ce genre d'énergumènes que mon père s'est retrouvé.

Je lis le récit d'un milicien qui raconte le meurtre d'un Juif avec un complice. « Nous l'avions emmené en voiture. Je n'ai jamais su le motif. Bressy et moi avons agi sans connaître les raisons de cet acte. » La mort est donnée comme ça en passant, sans justification. C'est l'air du temps. La guerre est un terrain de jeu dépourvu de règles et les déséquilibrés s'en donnent à cœur joie. Je découvre l'existence de Georges Farrel, ancien des PTT, dix-sept ans, connu pour arracher les yeux avec une aiguille à chapeaux. A la Gestapo, il touche un fixe, 2 000 francs par mois, mais reçoit 1 000 francs par torturé. Je relis, effaré, ce CV. Dix-sept ans.

J'aligne tous ces noms en espérant que l'un d'eux est le bon. Impossible de savoir qui s'est occupé de ma tante. J'aimerais croire que cette histoire a été jugée, qu'elle a eu droit à son dossier. J'ai mal au poignet à force de prendre des notes.

En parcourant les procès-verbaux, je m'aperçois que la liste des Gestapistes a été établie avec plus de rigueur. Je cherche Werner Stoglitz. Les témoignages de Francis André, dit Gueule Tordue, et de Gonnet, d'une exceptionnelle précision, énumèrent une trentaine de noms. A chaque fois, l'Allemand est décrit par ses traits physiques et psychologiques. Henry, dit le grand Henri ou Harry, membre de la section VI (antiterroriste), veut se faire passer pour un Anglais : il en a le physique et connaît la langue… Très grand. 1,85 m, vingt-cinq à trente ans. Visage maigre en lame de couteau. Brun, rasé. Signalé à Milan où il se serait engagé dans l'armée américaine… Mais aucune trace de Stoglitz. Je note des patronymes aux résonances neutres, accompagnés de précisions qui le sont moins. Otto Malina, qualifié d'Ami des Juifs « auxquels il a fait passer l'envie de mentir à coups de "Felix" (appellation probable pour désigner un nerf de bœuf) ». Je repère la section I de la SD dont Stoglitz faisait partie. Je retrouve la mention de son chef, Kassler, mais sans autre précision que sa fonction. Que de destins enfermés dans ces dossiers, que de vies fracassées dont il ne reste aucune trace sinon quelques lignes sur ces papiers pelures.

L'orthographe de certains patronymes allemands est encore incertaine : Beierle (section antiterroriste) se lit plus loin Bayerli. Obersturmbannführer est écrit n'importe comment. Malgré l'épaisseur des dossiers, seule une partie des Gestapistes se trouve répertoriée, et il subsiste des vides, comme pour les miliciens.

Une petite feuille de cahier quadrillée glisse entre deux piles. Il ne s'agit plus d'un rapport dactylographié, mais de notes rédigées à la main à l'attention de monsieur Mazel, du Mémorial de l'oppression. Je suis déjà tombé sur cet homme-là que l'on informait des attitudes suspectes, car après la Libération, les dénonciations n'ont pas faibli. Sur cette feuille, on lui signale le cas du secrétaire d'un certain Georges Arnaud, président de la 2e section de l'Action sociale, qui aurait fusillé des patriotes en face de l'Ecole de Santé Militaire. Mais c'est le dernier nom qui retient mon attention : madame de Mirappe (ou Miraphe). Dernier domicile connu : 13 rue Jarente. Le même immeuble que mon père. Un mot, entre parenthèses, lui a été accolé : dénonciatrice. Enfin, un signe tangible qui vient de surgir du papier.

Mon regard se perd dans les travées de la salle de consultation. A côté de moi, deux vieilles dames, qui se ressemblent, lisent tout bas des registres de baptême en les pointant du doigt. Je replonge dans mon dossier d'où s'échappent les miasmes de toute une époque.

Cette dénonciation reposait-elle sur des éléments tangibles ? A-t-elle eu des conséquences ? Qui s'est plaint de cette mauvaise Française qui a peut-être joué un rôle, le 26 août 1944, lorsque les miliciens sont venus chercher mon père dans l'immeuble ?

Je montre ce bout de papier à une documentaliste, qui part à la recherche d'un dossier à ce nom. Elle revient les mains vides. Submergé par les courriers de ce genre, monsieur Mazel n'a peut-être pas donné suite, ou une rapide enquête l'aura convaincu qu'il n'était pas nécessaire de convoquer cette dame, encore moins d'entamer une procédure. Mais que vient faire son nom sur cette feuille volante et qui avait eu envie de se débarrasser d'elle ? Je sens qu'il va falloir retourner au 13 de la rue Jarente.

En parcourant les boîtes aux lettres, je retrouve monsieur Maillard, mais le nom que je cherche est plus bas à droite, rédigé plus lisiblement que sur le bout de papier des archives. Une voix féminine m'informe qu'elle est la fille de cette madame de Mirappe qui habitait ici en 1945. Mais sa mère est morte il y a dix ans. A quoi bon ? Au dernier moment, je décide de garder pour moi cette mention infamante qu'elle ignore probablement. J'ai lu l'adresse de mon père et j'ai accouru sans réfléchir.

Quelqu'un détient-il la dernière pièce du puzzle où l'on verrait comment la petite Estelle Rolin a fini, dans les sous-sols du lycée Saint-Marc ou ailleurs ? Cette fin dort sans doute dans la mémoire de quelques miliciens anonymes et morts depuis longtemps. Je repense à un voyage avec Léa au moulin d'Andé où nous nous étions embrassés sur une île accolée au rivage. Au milieu de la Seine, nous avions aperçu une seconde île, plus mystérieuse, qui nous avait fait envie. On veut toujours aller plus loin, vers les lieux inaccessibles.

Je reste planté devant la boulangerie où j'avais acheté des rubans de guimauve. Est-ce que je viens trop tard ? J'appelle l'historien lyonnais que j'avais rencontré la première fois. Je lui raconte où j'en suis.

— Pierre Chobray, me répond-il.

Je ne comprends pas.

— J'ai essayé de vous joindre, mais vous ne m'aviez laissé aucune coordonnée. Ce nom m'est revenu, c'est un milicien qui était rue Sainte-Hélène. Je l'ai rencontré il y a neuf ans pour mon livre. Il était encore en bonne santé. Je vous donne son numéro. A cet âge-là, si on déménage, c'est pour mourir ou aller en maison de retraite. Essayez toujours.

Je le remercie et j'entre dans la boulangerie.

24

— Mon petit-fils, Paul. Dis bonjour au monsieur, Paul.

Le Paul en question a quatre ans, peut-être cinq, et se tortille devant moi en dévisageant l'individu transpirant et ébouriffé qui vient le déranger dans son tête-à-tête avec son grand-père. Visiblement, il se demande s'il est nécessaire d'être poli. Mais je surprends son regard qui lorgne le sachet de la boulangerie duquel dépasse un petit bout rose, et il se résigne à prononcer le mot magique.

— Bonjour, monsieur.

Devant ce miracle de politesse, je me sens obligé de me défaire d'un bout de guimauve. A présent, il faut dire merci. Il s'apprêtait à le faire, mais son merci s'étrangle dans un magma de guimauve mal avalée. Nous voilà à lui taper dans le dos, son grand-père et moi. Lorsque Pierre Chobray a consenti à ce que je vienne évoquer le bon vieux temps, je n'avais pas prévu la présence de cet enfant. Vu la force avec laquelle sa main s'abat sur son dos, la maison de retraite n'est pas encore pour tout de suite.

— Merci, monsieur.

Le gamin se calme et part mâchouiller dans un coin les derniers restes de ruban mou.

— Les enfants, ça se précipite. Surtout celui-là. C'est le dernier de mes douze petits-enfants. Ils sont tous là en photo, est-ce qu'ils ne sont pas magnifiques ?

Le patriarche me montre sa descendance.

— Vous avez des enfants ?

Monsieur Maillard m'avait déjà posé cette question. A chaque fois, je me sens coupable de répondre non, comme si j'avais oublié de faire mes devoirs. Face à cet homme, je m'invente une paternité.

— Une petite fille, qui a deux ans.

Un court instant, je crois à mon mensonge et j'imagine un petit bout de chou à Paris qui attendrait mon retour. Cette réponse semble l'avoir rassuré : je fais partie des pères. Il connaît déjà la raison de ma visite. Avant d'accepter de me recevoir, il a vérifié. Question d'habitude.

— Il est tout à votre honneur de vouloir connaître la vérité. Pas facile de découvrir que son père a menti toute sa vie.

Je le laisse parler. J'ai besoin de lui et il en profite. J'observe ses yeux enfoncés, son absence de sourcils, ses rides profondes sur un visage encore énergique.

— Je ne renie pas mon admiration pour l'Allemagne. On voudrait nous faire passer pour des pestiférés, des salopards ; jusqu'au bout, j'y croirai.

Il tourne entre ses doigts un chewing-gum qui attire l'attention de son petit-fils.

— Un papier, mon petit Paul, ce n'est qu'un papier.

— Et à l'intérieur, il y a du vert, lui répond le gosse qui ne s'est pas laissé avoir.

— Oui, mais c'est un autre papier, du papier vert.

L'enfant s'est lassé et le vieil homme en profite pour enfourner le chewing-gum en me regardant d'un air complice.

— Après avoir purgé mes cinq ans, il a bien fallu que je travaille. Et les seuls qui m'ont aidé, c'est les Allemands. Rowenta, vous connaissez sûrement ? Les sèche-cheveux, les cafetières, les aspirateurs. Je vendais surtout des aspirateurs, ils partaient comme des petits pains, ils avaient les meilleurs filtres. J'achète allemand. Dans mon garage, si ça vous intéresse, je peux vous montrer une magnifique Mercedes. Modèle 1962. La première que j'ai pu me payer. Je la sors encore, une fois par semaine.

VRP. Il n'en a pas perdu le bagout. Avec cette gueule, il a dû en vendre des aspirateurs. Le gamin est revenu dans les parages et à présent, veut savoir comment naissent les enfants.

— Ah, ça le tracasse. Il n'arrête pas de m'emmerder avec cette question. Tu ne crois pas que tu es un peu jeune ?

— Ils naissent dans les chopes de bière. Ils sortent de la mousse.

L'homme éclate de rire. Le petit garçon me regarde et réfléchit, comme s'il reniflait un piège. Il a finalement décidé de rire et déguerpit dans une autre pièce.

— Je crois que vous lui plaisez.

Je ne réponds pas. Chobray se frotte les tempes. Pour la première fois, je le sens hésitant.

— On est parti le 27 août. On était une vingtaine, dans plusieurs véhicules que Gonnet nous avait demandé de préparer. Moi, je m'occupais de l'essence. J'allais en chercher chez un cafetier de la Croix-Rousse. D'habitude, je la transportais dans un appartement de la rue de la République, mais cette fois, c'est rue Sainte-Hélène que j'ai apporté les jerrycans. Jusqu'à Mâcon, on s'est fait attaquer plusieurs fois, le maquis probablement. Le premier soir, on a dormi à Dijon. Là, il y a eu une sélection. Avec quatre autres camarades, on a filé sur Belfort, puis Mulhouse. Début septembre, on était au camp de Struthof-Natzwiller, vous avez dû en entendre parler. On ne s'attendait pas à voir tous ces cadavres vivants. Après leur évacuation on a pris leur place en attendant qu'on veuille bien s'occuper de nous. On retrouvait des copains, il en arrivait de partout, Lyon, Toulouse, Marseille, certains avaient voyagé avec leurs femmes et leurs enfants. J'avais vingt et un ans, j'étais parti seul, juste avec mon pote Cadillat. On s'était juré de tenir ensemble jusqu'au bout. A Ulm, on a défilé dans la ville, devant les Allemands qui n'en revenaient pas. J'y croyais encore, Darnand nous avait remonté le moral, il parlait d'un retour en France, qu'on allait reconquérir. Finalement, Cadillat a voulu aller se battre avec les SS et il est parti s'entraîner à Wildflecken. Mais je n'avais pas envie de me faire tuer en Poméranie, je m'en fichais de la Poméranie, je voyais bien qu'on n'était que de la chair à canon. Cadillat a été envoyé là-bas et il n'en est jamais revenu.

— Pourquoi vous me parlez de ce Cadillat ?

— A votre avis ?

Cadillat. Voilà le nom que mon père a cherché toute sa vie. Le type qui aurait pu aussi le tuer, mais à qui Stoglitz l'a arraché in extremis. Il était mort quelques mois après ma tante.

— Je sais ce que vous pensez. Un salopard. Mais le milicien que votre père a abattu était son meilleur pote. Chavan. Je vous donne son nom, parce que lui aussi, il est mort. Vous ne pouvez pas vous imaginer, tout fichait le camp à la fin. Rien, plus rien n'avait d'importance.

— Et vous ?

— Moi, je n'y étais pas. J'étais en course à aider la maîtresse de Touvier, qui faisait ses bagages.

Je le regarde droit dans les yeux. Et si Cadillat, c'était lui ?

— Vous ne me croyez pas ? Vous vous demandez si le vieil homme en face de vous ne serait pas en train de se défiler. Si j'avais été dans la cour, je vous le dirais. Croyez-vous qu'à mon âge on ait peur de dire ce genre de choses ? Dans les descentes chez les particuliers, j'en ai fait bien d'autres.

— Alors, comment êtes-vous au courant ?

— Cadillat me l'a raconté à Ulm. On prenait nos repas dans une popote genre Secours national. On tournait en rond. Personne ne voulait plus de nous. Un soir, il s'est soûlé la gueule et m'a balancé ce truc qu'il avait sur la conscience. Rue Sainte-Hélène, on en avait entendu parler, mais impossible de savoir qui avait fait le coup. Il avait ramené la gosse dans les caves du lycée, la suite, vous devinez.

— Dans les souterrains ?

— Ne me demandez pas comment. Après ça, il s'est engagé dans la division Charlemagne, avant de disparaître. Est-ce qu'il a fini en Poméranie ou à Berlin ? J'en sais rien. Il y en a qui ont défendu Hitler jusqu'au bout. Les Allemands en ont aussi fusillé pour désertion et les corps, là non plus, on ne les a jamais revus. Moi, j'ai eu de la chance. J'étais d'abord à Sigmaringen, à relever la garde devant le château des Hohenzollern. Buckingham en terre nazie. Mais comme Pétain refusait de nous saluer, on en a eu assez et je suis parti en Italie avec Darnand, qui voulait tenter un dernier baroud d'honneur avec les fascistes italiens. Les premiers Français que j'ai revus, c'est au camp de prisonniers de Coltano, près de Pise. Le corps expéditionnaire est venu nous cueillir.

Le petit garçon se tient dans l'embrasure d'une porte. Ce n'est peut-être pas la première fois qu'il entend cette histoire. Je lui fais signe de venir : c'est fini, je vais lui rendre son grand-père. Il file grimper sur ses genoux et je les quitte sur cette image, épuisé par tout ce que j'ai appris aujourd'hui. Si tu vas jusqu'au bout… écrivait mon père dans sa première lettre. Je suis tout au bout, impossible d'aller plus loin. L'histoire est racontée et les noms prononcés au-dessus de la tombe introuvable d'une enfant que je n'ai jamais vue et dont je porte le deuil comme mon père a porté le sien. Mais j'ai envie de rentrer à Paris et de retrouver Léa.

— Je prends le dernier train, je serai là dans trois heures.

— Tu as trouvé quelque chose ?

— Je te dirai.

C'est étrange. En lui parlant, je ne pensais pas à la petite sœur de mon père, mais à une autre petite fille. Celle que je me suis inventée tout à l'heure.

25

J'ai commencé par l'autoroute qui surplombe la baie de Menton. Je suis sur les traces d'un film sorti en 2001. *La Chambre du fils* de Nanni Moretti. Quand j'avais interviewé le cinéaste, je venais de perdre mon père et pour la première fois depuis sa mort, j'avais pleuré, en voyant le film : jamais, je n'avais autant pleuré au cinéma. Voilà ce que j'avais dit à Moretti qui, sans doute gêné, avait fait une grimace, avant de m'avouer qu'à l'origine de ce film, il y avait aussi le décès de son père.

Chez lui, c'est un fils qui meurt d'un banal accident de plongée. La mère fouille dans sa chambre pour tenter d'en savoir un peu plus, mais le père ne pense qu'à une chose : et si son fils, au lieu d'aller plonger, était venu comme prévu courir avec lui. La sœur se mure dans la solitude. La famille est éparpillée. Le deuil ne rapproche pas, il isole, divise en silence. Dans la dernière scène, Moretti est au volant, sa femme à côté de lui, sa fille assise sur la banquette arrière. Plus tôt dans le film, on a vu la famille encore au grand complet, qui chantait dans cette même voiture en écoutant la radio. On entend à nouveau de la musique, mais plus personne ne chante. Ils se dirigent vers la France, passent la frontière après Vintimille et se garent à Menton sur un parking situé près du rivage. Ils admirent la vue, marchent en ordre dispersé, avant de se rapprocher les uns des autres. Ils n'ont pas oublié l'enfant mort, mais on devine qu'ils vont pouvoir revivre ensemble. Cette scène de réconciliation silencieuse a fini par m'obséder. Chacun a ses cachettes, ses lieux de pèlerinage, le mien se trouve dans un film, à la fin duquel une famille fait la paix. Plusieurs fois, j'ai hésité à partir à Menton pour trouver ce parking où Moretti avait tourné, mais j'ai toujours remis à plus tard. Chaque chose en son temps.

Je repense à l'éloignement d'Estelle qui vient peut-être de plus loin, de cette sœur morte à cause de mon père, de ce frère qu'il avait cessé d'être, de son silence sur ce lien qui avait été brisé. Les coupures se sont répétées, les haines se sont enchaînées, formant un cercle vicieux du pire qui nous aura enfermés à notre insu. Je dis peut-être cela pour nous dédouaner.

Comment en sommes-nous arrivés là ? A la fin d'une dispute, on a souvent oublié son prétexte. Avant de nous engueuler devant mon père mourant, Estelle et moi avions déjà un passif. Je lui dois ma première douleur d'homme, quand elle ne trouva rien de mieux que d'aller vivre chez celle qui venait de me quitter. Je les avais surprises un jour, rue du pont Louis-Philippe, en septembre 1990, marchant devant moi, bras dessus bras dessous, ressemblantes à s'y méprendre. Mais depuis mon voyage à Lyon, je commence à penser que tout ceci nous dépasse. Un jour peut-être, nous aurons notre Menton. Voilà pourquoi ce foutu parking.

Je n'en trouve aucun sur l'autoroute. Plus bas, une route longe un ancien poste de douanes désaffecté avant de filer entre deux énormes rochers. Des plaques à la mémoire des résistants du coin ont été vissées dans la rocaille, mais là encore, rien de prévu pour les voitures. En contrebas, j'aperçois un troisième chemin, situé à hauteur du rivage : un autre poste de douane avec des places de parking alignées au beau milieu de la route. Je descends me garer, mais je ne suis plus assez haut : Moretti n'a pas tourné ici.

Les voitures, qui franchissent la frontière, ralentissent, mais ne s'arrêtent plus.

J'arpente la zone tête baissée et lentement, comme si j'avais perdu de l'argent ou une clé. Quelques joggers me dépassent avant de rebrousser chemin à la frontière. Ils ont atteint leur objectif et repartent vers Menton. Je repense à l'époque où mon père voulait que je devienne le champion qu'il aurait dû être s'il n'y avait eu la guerre et son régime amaigrissant. La guerre, toujours la guerre. Il m'avait expliqué que pour durer, il fallait se concentrer sur un point devant soi. Comme il courait devant moi, j'avais choisi ses talons et je m'y accrochais, la langue pendante, les yeux exorbités, comme un supplicié traîné par un char, tandis qu'il jouait des coudes avec l'air d'un automate actionnant des pistons sur un rythme ternaire. Un deux trois, un deux trois.

Et puis un jour, je l'ai rattrapé. Mon regard n'a plus fixé ses talons, mais ses mollets, puis ses cuisses et enfin ses fesses, avant de remonter le long de son dos. J'ai fini par arriver à sa nuque où les poils étaient collés par la sueur. Un deux trois, un deux trois. Ses bras ont mouliné plus vite, mais la belle mécanique était devenue folle : ils tournaient dans le vide. Un sentiment d'euphorie s'est emparé de mes bras, de mes jambes, j'étais devenu une machine qui le grignotait avec le sourire. J'avais dû me décaler sur la droite pour ne pas lui marcher dessus, tandis qu'il me jetait un regard qui semblait vouloir dire : que fais-tu là mon fils ? Reste où tu es, le plus fort, c'est encore moi, tu ne te rends pas compte, ne franchis pas cette ligne, tu cours à la catastrophe. Mais je ne pouvais plus m'arrêter et il m'a fallu encore me décaler, car il ne courait plus droit. Peut-être voulait-il m'empêcher de passer. J'ai hésité à lui faire une remarque. Fais attention, tu vois bien que tu me ralentis. Son visage avait pris une teinte cramoisie et son regard vacillait. Cette course risquait de mal se finir, mais c'est peut-être ce qu'il cherchait. J'ai placé une accélération qui l'a laissé sur place et nous avons fait une croix sur ces marathons du dimanche. Qu'aurons-nous fait ensemble ? Tuer des moutons, prendre des bains et courir comme des dératés.

Un jour, je l'ai vu se diriger vers l'entrée du parc de Saint-Cloud. Il était déjà malade, mais il continuait. Un forçat, boulets aux pieds, serait allé plus vite. Le menton enfoncé dans sa poitrine, il ne fixait plus devant lui l'indispensable point sur le sol. Chaque foulée était un supplice. Le regarder aussi. Pourquoi s'obstinait-il ? Je repense à son sprint après le coup de feu qu'il avait tiré. Il avait douze ans et devait déjà filer vite. Un demi-siècle plus tard, il courait encore.

Je consulte mon guide, qui vante l'air de la Côte dont s'enivrent les petits vieux. Si j'étais un bon petit touriste, je ne raterais pas le délicieux musée Jean Cocteau ni les fabuleux jardins de la Serre-Madone. Mais je cherche un parking qui n'est pas dans mon guide.

Un magasin situé entre la France et l'Italie propose des produits transalpins à des prix imbattables. Je fais une razzia sur les cantuccini qui sont durs à se péter une dent. Tant que mon père a eu son cabinet, j'en ai souvent cassé sur des carambars ou des pâtes crues. J'aimais bien qu'il me soigne. Il ne m'adressait aucun reproche. Le médecin avait des égards et la main légère, même s'il fallait me planter des pivots. J'ouvrais grand la bouche tandis qu'il se penchait sur moi comme sur un bébé dans son berceau. Son souffle me chatouillait et j'avais parfois le droit de me gratter. Je ne disais rien, mais ce n'était pas le moment. Lui non plus ne parlait pas. Jamais pourtant, nous n'aurons été aussi proches.

A quelques mètres de moi, un panneau couine au vent sur les rochers. Interdiction de manger ! Mais je continue à croquer. L'endroit est désert et la lumière crépusculaire. Pour me consoler, j'appelle Léa qui m'annonce notre prochain voyage à Besançon, dans la ville de sa mère. Elle a réservé une péniche sur le Doubs. Elle voudrait que je devine l'adresse, mais je n'en ai aucune idée. 58, faubourg Rivotte. Ce nom me dit vaguement quelque chose. Elle m'apprend que c'est au 56 que sa grand-mère a été arrêtée par des policiers français. A l'époque, elle tenait une épicerie. La péniche est amarrée juste devant. Léa ne me laisse pas en placer une. J'aimerais qu'un jour, elle m'annonce une autre nouvelle. Depuis mon voyage à Lyon, nous essayons d'avoir un enfant.

Après avoir raccroché, j'aperçois un bâtiment au bout des rochers, encastré dans un cul-de-sac, entre la montagne et la mer. Le musée préhistorique porte bien son nom. Les salles délabrées sont pratiquement vides et un homme s'est assoupi près de la caisse. Je suis le visiteur qu'on n'attendait plus. Qu'y a-t-il à voir ? Les yeux encore à demi clos, l'employé me propose l'homme de Menton, arrivé ici il y a 25 000 ans. C'est beaucoup ? L'employé, sans doute sidéré par ma nullité, se réveille enfin : c'est « spettaculare » ! Il me désigne en tordant le cou une passerelle qui fonce droit vers la falaise. Il me promet une grotte également « spettaculare ».

Nous voilà partis en procession, lui devant, moi derrière. Mon guide avance le dos courbé et dodeline de la tête en murmurant des mots incompréhensibles. L'homme de Menton devait lui ressembler un peu. Nous arrivons à la grotte dite de Caviglione où je suis prié de lever les yeux pour admirer au sommet de la voûte une gravure rupestre qui doit faire penser à un cheval. Nous sommes, paraît-il, à l'endroit le plus chaud de toute la Côte d'Azur. L'homme de Menton, qui était loin d'être idiot, avait jeté l'ancre ici avec sa petite famille. Je me retourne. La mer brille sous le soleil qui a fait son apparition. Des milliers de petites étoiles dansent à la surface et allument un feu d'artifice blanc et silencieux. C'est ici, à cet endroit précis : j'ai retrouvé la hauteur exacte à laquelle Moretti a filmé sa dernière scène. Bien sûr, il n'a pas pu tourner ici, mais qu'importe ! Je ne peux m'empêcher de sourire. Le guide croit que je souris à sa grotte et me propose d'en profiter jusqu'à la fermeture du musée.

Je m'enfonce dans les profondeurs. Les vagues font un léger clapotis sous mes pieds, j'ai l'impression d'entendre des voix mêlées à des bruits de pas. L'eau, après un parcours compliqué, se reflète sur la roche. Je revois la séquence finale du film, leur marche sur le parking, en direction de la mer, leurs regards qui se croisent, leurs corps qui pivotent. Les images semblent projetées sur les parois. Puis la scène s'estompe et je réentends le va-et-vient des vagues. Niché au creux de la roche, je pourrais être l'homme de Menton. Il ne manque plus que ma famille.

Un souvenir inattendu de mon père me revient. Il lave des fruits, on est en Italie, en vacances, il lave des fruits à la fontaine d'un village ombragée par des marronniers qui surplombent une vallée. Des gamins tournent autour de lui en jouant au ballon, mais il les ignore et continue avec ses fruits. Le geste est anodin, mais je le revois penché vers le filet d'eau, les sourcils froncés, la figure grimaçante, comme si laver les fruits était la chose la plus pénible. Il a dû tourner le visage sans penser que je l'observais, posté à une dizaine de mètres. Je me rends compte à présent qu'il aura toujours eu cette mine anxieuse et crispée, jamais je ne l'aurai vu détendu, sinon lors de ces courtes siestes qu'il s'accordait dans le fauteuil du salon. Maman écoutait avec moi sa respiration, immobile dans l'entrée, puis elle me faisait signe et l'on se retirait à pas de loup, un doigt sur la bouche.

J'ai envie d'entendre sa voix. Elle est un peu surprise d'apprendre ma présence à Menton.

— Qu'est-ce que tu fais là-bas ? Après Lyon, Menton, tu as la bougeotte.

Je la laisse parler avant de lui demander si elle se souvient de mes vingt-six ans, quand mon père m'avait intercepté devant chez eux… Elle ne voit pas. Le complot… Il y avait des retardataires et pour que le complot réussisse, il fallait qu'il m'empêche d'arriver trop tôt. Il avait donc fait barrage. Elle se souvient enfin et je poursuis.

— Il avait été d'une gentillesse déroutante. On s'était promené dans Saint-Cloud, il m'avait parlé de l'incendie de la ville allumé par les Prussiens en 1871 et qui avait duré des semaines. Saint-Cloud, me répétait-il, est une ville-martyre, mais tout le monde l'a oublié.

— Il aimait bien Saint-Cloud car elle avait souffert comme Lyon des Allemands.

— Il était entré dans une boulangerie pour m'acheter un pain aux raisins. C'était mon anniversaire, j'étais le roi. Je ne me doutais de rien.

— Ton père était très fort.

— Puis nous avons pris le chemin du retour. Il parlait moins. Mais nous marchions côte à côte. Peut-être pour la première fois.

— Qu'est-ce que tu dis, tu exagères !

— Si, il marchait à la vitesse du paysage, lentement. Tu sais comment il était, toujours à courir.

— C'est vrai, j'ai toujours eu du mal à le suivre.

— Je me suis même demandé s'il n'avait pas pris un coup de vieux. Finalement, nous sommes arrivés à la maison.

— Tu te souviens qui était là ?

J'énumère les noms sans hésiter. Simon, Béatrice, Théodore, Nathalie, Joachim, Emir, Bernard, Annabelle et Marie.

— Ils étaient tous alignés sur le balcon, à la queue leu leu. Silencieux. Impatients.

— Juste avant, je leur avais dit : « Taisez-vous, il arrive. »

— Tu sais que ce fut comme dans un rêve. Vous, mes amis… Parfois, je me demande si je n'ai pas rêvé tous ces visages en rang d'oignons.

— Que sont-ils devenus ?

— Je n'ai plus un seul contact avec eux. Personne.

— Même Simon ?

— Oui, même Simon.

— C'est dommage.

— Oui, c'est dommage, moi qui avais cru, en les voyant sur ce balcon, qu'on remettrait ça pour mes trente ans, qu'on se verrait même vieillir.

— A un moment, tu as disparu.

— Tu t'en souviens ? Je me suis éclipsé dans ma chambre. J'entendais encore les conversations, légèrement déformées. Vos voix se mélangeaient, toi, papa, celles de mes amis. Mais j'avais l'impression qu'on m'avait oublié. On fêtait mon anniversaire, mais tout le monde parlait déjà d'autre chose.

— Pourquoi dis-tu cela ? Tu sais bien que c'est faux.

— Si, je t'assure. Lors des enterrements aussi, on finit à un moment par ne plus évoquer celui qui est mort.

— Tu as parfois de ces comparaisons.

— Puis Estelle est entrée dans ma chambre.

— Elle était là, tu es certain ?

— Moi aussi, quand j'y repense, j'ai l'impression qu'elle était absente. Mais ce jour-là, elle a buté sur un livre et sa flûte de champagne s'est brisée par terre, près de mon lit.

— Ah oui, j'ai entendu le bruit et je suis venue voir.

— Puis Papa est arrivé. Il nous cherchait. Nous étions tous réunis dans ma chambre, pendant que mes amis continuaient à parler dans le salon. Papa a vu les morceaux de verre qui jonchaient le sol. Mais pour une fois, il n'a rien dit. Ou plutôt si. Tu te souviens de sa remarque ?

— J'ai oublié.

— Il a regardé le verre brisé et il a dit : c'est ta sœur qui a voulu te chanter une chanson ?

— Tu as une de ces mémoires.

— Nous avions même ri. Depuis quand, Maman, n'avions-nous pas ri ensemble ?

— Je ne sais pas. Tu crois vraiment ? Si, je me rappelle, un film qui passait à la télé avec Marilyn Monroe. A la fin, elle dit : vous savez, je ne suis pas un homme, et le type répond : personne n'est parfait.

— *Certains l'aiment chaud,* Maman.

— C'est ça, *Certains l'aiment chaud.* Qu'est-ce qu'on avait ri ! Même ton père, qui au début du film, faisait encore la tête.

— Il la faisait souvent, tu ne trouves pas ?

— Oui, mais ce jour-là, reconnais qu'il a été drôle. C'est ta sœur qui a voulu te chanter une chanson ? Je suis contente que tu m'aies rappelé cette phrase.

Je sens qu'à l'autre bout du fil, elle s'anime. Nous n'avons pas parlé ainsi depuis longtemps.

— Je riais sans pouvoir m'arrêter. Papa m'a regardé comme si j'étais devenu idiot, puis vous êtes repartis vous occuper des invités. Seul dans ma chambre, j'ai pensé que nous ne revivrions plus jamais un tel moment.

— Tu exagères encore.

— Est-ce que je me trompe ? C'était en 1996. Réfléchis.

— Je ne sais pas. Il faudrait que j'y pense. Mais tu sais que ton père était ravi.

— Ravi de m'avoir fait faire le tour de la ville en me faisant croire que c'était pour avoir le plaisir de marcher avec moi.

— Non, ravi d'avoir rencontré tes amis. Ravi aussi de l'idée qu'il avait trouvée démente.

Maman vient d'employer un des mots préférés de mon père. Quand un ami, un été, avait voulu m'emmener en Grèce, il l'avait traité de « dément ». Car lui aussi avait voyagé en Grèce un été – vers 1950 – et il avait failli mourir de chaleur. Est-ce que vous voulez mourir ? Il avait répété cette question sans obtenir de réponse. Depuis, cet ami m'appelle le fils du « dément ». L'idée que je viens d'avoir, aussi, est peut-être démente.

— Maman, est-ce que tu aurais le numéro d'Estelle ?

Je devine qu'elle hésite. Ma demande a sans doute été un peu trop brutale.

— Tu sais bien que je l'ai. Au fait, je ne t'ai jamais vraiment demandé.

— Mon cadeau ?

— Oui, ton cadeau du 1er janvier. Tu sais que j'ai toujours été très discrète. Mais parfois, je m'interroge.

— S'il parle de toi ? Non. Un coup de fusil à Lyon en 1944, cela ne te dit rien ?

— Non.

— Alors, il faudra que je te raconte. Et toi, en 1944, tu étais où ?

— A Mehun-sur-Yèvre, dans la boucherie de ton arrière-grand-mère. J'avais cinq ans et j'avais peur dans sa grande maison. Je dormais toute seule à l'étage. Ton grand-père était prisonnier, ta grand-mère était restée à Paris pour faire l'école.

— Il t'arrivait de pleurer ?

— Oui, je m'asseyais sur l'escalier et je pleurais en serrant Paulette contre moi.

— Paulette ?

— Je ne t'en ai jamais parlé ? C'est la poupée que mon père avait réussi à m'envoyer d'Allemagne. Comme il s'appelait Paul, c'est devenu Paulette.

— Et ta grand-mère venait te consoler ?

— A sa manière. Elle faisait la vaisselle avec la tante Nini. J'avais peur du silence, je les écoutais parler, assise sur les marches de l'escalier. Mais parfois, je continuais quand même à pleurer et la grand-mère venait me gronder : « Faut-y qu'on casse la vaisselle pour que tu entendes du bruit ? »

— Elle disait « faut-y » ?

— Oui, elle parlait comme ça. Bon, je vais chercher le numéro.

Aucune question sur mes raisons. Elle doit penser que j'en ai de bonnes. Pendant qu'elle est partie chercher le numéro, je jette un coup d'œil à la montre de mon père. Il est 19 h 15, le musée a déjà fermé, mon guide a dû m'oublier. Je pourrais passer la nuit ici, bercé par les vagues qui tapent sous mes pieds. Maman revient avec le numéro et me souhaite bonne chance.

C'est un numéro comme les autres. Mais derrière chaque chiffre, se cache le visage de ma sœur. Je repense à la période où j'étais son esclave. J'avais fait une razzia sur les havanes de mon père, mais elle m'avait pris en flagrant délit. Elle avait vendu cher son silence : ou je devenais son esclave ou elle allait tout cafeter. Comment ça, son esclave ? Elle m'expliquerait, je n'avais pas à m'inquiéter. D'un naturel optimiste, j'avais capitulé sans conditions, me disant même qu'il fallait voir. Ce fut vite vu. Son imagination avait marché à plein régime. Le matin, je lui tendais ses vêtements et si elle n'en voulait pas, je devais tout replier ou suspendre dans son armoire. Elle savait que plier, j'avais horreur de ça. Ah vraiment, s'étonnait-elle, tu ne m'as pas l'air doué pour tes nouvelles fonctions. J'encaissais en silence, car elle m'avait expliqué qu'un esclave, ça n'avait pas le droit de protester ni de se mettre en grève. Dès qu'elle avait besoin d'une brosse ou d'un livre, je devais rappliquer. Tu dois exaucer le moindre de mes désirs. Elle avait brusquement des désirs et j'exauçais. Il lui prenait parfois l'envie d'ouvrir la fenêtre pour lâcher sa trousse. Puis elle me regardait : encore là ? A Maulu, mon père nous attribuait des tâches communes, mais je sciais pour deux, je ratissais comme un possédé, je désherbais fou furieux sous son regard encourageant. Je n'étais plus son petit frère, j'étais un bagnard.

Tout cerné, j'étais allé la balancer à mon père pour les cigares et ma nouvelle condition. Estelle avait nié en bloc, mais j'avais trop d'éléments à charge. Elle invoqua l'esclavage qu'il nous faisait subir. Que n'avait-elle dit ? Je m'attendais au pire, mais il avait fait son mystérieux et il était parti s'enfermer dans sa chambre. A quelle sauce allait-on être mangés ? A aucune : nous fûmes privés de dîner pendant un mois avec interdiction de sortie. C'était sa façon d'instruire, il n'y avait pas intérêt à moufter. D'ailleurs, on n'avait rien dit. L'esclave devint un prisonnier soumis à privations. Le vol, la tyrannie, la délation. Quel était le délit le plus grave ? J'aurais aimé avoir une explication. Mais il n'expliquait pas, il punissait. Une manière de bien nous aimer.

Je ne devrais pas repenser à tout cela. Il faudrait que je trouve autre chose, un souvenir plus encourageant. Rien ne vient, sinon peut-être cet album de photos qu'il nous avait donné.

C'est Noël et nous posons sur une avenue, devant un immense sapin. Estelle porte des habits de fête : des souliers vernis de couleur noire, des bas blancs, une robe rouge bordeaux et un mince bandeau de velours noir qui coiffe impeccablement ses cheveux. Nous sommes à Berlin. Est-ce que j'invente ? Je me souviens que nous avions passé un Noël à Berlin. Je dois avoir sept ans et j'ai eu droit à un pantalon qui gratte – appellation générique pour tous les pantalons que j'eus à porter dans mon enfance les jours de gala –, une chemise blanche, des bretelles et un nœud papillon fantaisie dont les bouts trop longs retombent jusqu'à mon nombril. Je suis encore blond et bouclé et je tiens la commande électrique d'une Porsche orange, tandis que ma sœur pose sur mes épaules un bras protecteur, ravie à l'évidence que je sois son frère.

Je ne sais pas encore si je vais appeler. Drôle d'idée, presque démente. Mais il n'aurait sans doute pas été contre. Je me demande même si ce n'est pas ce qu'il voulait, dès le début.

Remerciements

M. Philippe Bachet.
M. Gérard Chauvy.
M. Thierry Dangerman.
M. Guy Dufeu.
M. Dusautoy.
M. Jean-François Forges.
Mme Chantal Jarro.
Mme Jacqueline Lorrain.
Dr Eric et Catherine Lorrain.

CET OUVRAGE A ÉTÉ COMPOSÉ
PAR FACOMPO À LISIEUX (CALVADOS)
ET ACHEVÉ D'IMPRIMER
SUR ROTO-PAGE
PAR L'IMPRIMERIE FLOCH
À MAYENNE EN FÉVRIER 2011

N° d'édition : 16625 – N° d'impression : 79049
Première édition, dépôt légal : janvier 2011
Nouveau tirage, dépôt légal : mars 2011
Imprimé en France

N° d'édition : [illegible] – N° d'impression : [illegible]
Première édition, dépôt légal : janvier [illegible]
Nouveau tirage, dépôt légal : [illegible]
Imprimé en [illegible]